AMNESIE
Grausame Wahrheit
(TERRIBLE TRUTH OF THE PAST)

AMNESIE - Grausame Wahrheit

von

Madlen In

o2007 Madlen In
Alle Rechte vorbehalten
Umschlaggestaltung
nach einer Idee von Madlen In
Herstellung und Verlag: Books on Demand GmbH

ISBN: 13:9783833484575

Inhalt:

Liza erwachte, wie aus einem Traum. <u>Doch es war kein Traum!!!</u> Und als sie endlich zurück in die Realität fand, begann für sie ein bitterlicher und schwerer Weg - alleingelassen und auf sich selbst gestellt: Die Suche nach dem eigenen »I-c-h !!!«
Ihre Unwissenheit zeichnete sie und machte sie labil. Doch ihr liebes und unschuldiges Wesen erweckte in Steven einen Beschützerinstinkt und er vergaß sein Rachegefühl ihr gegenüber.
Zusammen gingen sie den langen Weg durch den dunklen Tunnel Lizas Vergangenheit.
Maßlos erschütternde Erkenntnisse trieben sie an die Grenzen ihrer realen Vorstellungen und sie kämpfte hart gegen ihre schmerzlichen Emotionen. Nur durch Stevens Halt und seiner wahren Liebe zu Liza schafften sie es gemeinsam, die wichtigsten Rätsel zu lösen, um letztendlich ihren Seelenfrieden und ihr großes Glück zu finden.
Doch da war noch ein kleines Feuer, das langsam erlosch und dieses flackernde Licht am Horizont, blieb für die beiden ein ewiges und ungelöstes Rätsel der Natur ... (!)

Vorwort

Diese Geschichte ist zwar frei erfunden, doch sie zeigt, wie eine, wenn auch im Schockzustand getroffene und damit unüberlegte, maßlos egoistische Entscheidung eines Einzelnen eine wahrlich unfassbare Kettenreaktion auf das Schicksal anderer, unschuldiger Mitmenschen auslösen kann.
Eigentlich ist es nur das wahre alltägliche Leben, wenngleich mancher dabei an eine unmögliche und übertriebene Fiktion denkt. Aber dann hat ihn eine glückliche Schutzmauer umgeben, die ihn vor allem Bösen bewahrt hat.
Wer das wahre Leben kennt oder kennen lernen musste, weiß, dass unser Dasein hier von Egoismus und Machtstreben beherrscht wird. Und ein jeder, wenn er nachdenkt, hat Egoismus und Intrige irgendwann schon einmal am eigenen Leib erfahren müssen.

Es fiel ein Schuss, der ein dumpfes Geräusch über die gesamte Insel legte und Johns egoistischer Plan, zu dem er sich vor vier Jahren entschlossen hatte, forderte ein weiteres unschuldiges Opfer ...

Liza schlug die Augen auf. In ihrem Kopf brummte es fürchterlich und ein stechender Schmerz durchflutete ihren jungen Körper.

»Was sind das nur für Schmerzen?«, überlegte Liza und legte ihre linke Hand auf die Stirn.

»Habe ich gestern zu ausgiebig gefeiert?« Sie konnte sich nicht erinnern.

Liza fühlte sich schlapp und ausgelaugt. Ihre Augen starrten an eine helle Zimmerdecke. Nur ein schwaches Licht, welches durch das Fensterglas in einer Tür schien, drang in den Raum.

Sie vernahm den Geruch von Desinfektionsmitteln.

»Wo bin ich hier nur?«

Jetzt spürte sie ein schwaches Ziehen im rechten Am und es bewegte sie dazu ihn zu betrachten. In ihrem Arm steckte eine Infusionsnadel, an der ein Schlauch befestigt war. Entsetzt fragte sie laut:

»Was ist nur mit mir passiert?«

Ein Gefühl der Angst stieg in ihr auf und sie versuchte sich aufzusetzen. So sehr sie sich auch anstrengte, es gelang ihr nicht. Mit Schrecken musste sie feststellen, dass sie ihre Beine nicht spüren konnte. Alles ab der Mitte ihres Körpers war gefühllos. Sie drehte den Kopf zur Seite und sah hilflos zur Tür. Voller Angst rief sie: »Hilfe ..., hallo!«

Nichts rührte sich.

»Hört mich denn niemand?«

Lizas Augen durchsuchten den spartanisch ausgestatteten Raum. Genau über ihrem Kopf schwebte ein Schalter, in dem ein rotes Licht blinkte. Schnell kam sie zur Erkenntnis, dass sie sich in einer Klink befand und sie versuchte mit zitternder Hand nach diesem Schalter zu greifen. Sie drückte darauf so fest sie nur konnte und forderte von sich selbst:

»Komm schon, komm, es wird schon gehen!«

Im nächsten Moment fiel ihr Arm kraftlos, wie ein schwerer Stein, zurück auf´s Bett.

Liza fühlte sich durch diese Aktion völlig erschöpft und schloss die Augen.

Auf dem Flur herrschte plötzlich reges Treiben und eilige Schritte näherten sich der Tür. Wie aus dem Nichts erschienen, blickte Liza auf einmal in zwei sehr erstaunt aussehende Gesichter.

»Mach doch mal Licht!«, hörte sie fordernd, und schnell wurde es im Raum taghell. Liza blinzelte, denn das Flutlicht schmerzte in ihren Augen.

»Siehst du, ich hatte Recht«, meinte eine Stimme im Flüsterton.

»Ja, ist ja gut. Nicht jetzt!«, forderte eine andere darauf leise.

»Wer hat Recht?«, fragte Liza blind in den Raum.

»Oh, schon gut liebe Miss ...«, antwortete jemand sogleich.

»Wir sind nur sehr überrascht«, wurde schnell hinzugefügt.

»Überrascht? Liebe Miss ...?«, fragte sich Liza und konnte nicht verstehen, weshalb man sie nicht mit Namen anredete. Krampfhaft überlegte sie und dann war es, als würde ein Damm in ihrem Inneren brechen, denn sie konnte sich nicht an ihren Namen erinnern. Entsetzt darüber, dass sie nicht einmal wusste, wer sie war, rief sie völlig aufgebracht in den Raum:

»Wer bin ich denn überhaupt?«

Beruhigen wollend streichelte sie jemand an der Hand und meinte leise:

»Ganz ruhig. Regen Sie sich bitte nicht auf!«

Erneut setzte Liza an: »Aber ich weiß ...?«

»Es ist nicht so tragisch wie Sie denken, alles wird gut«, unterbrach sie eine ruhige Stimme.

»Ich kann mich nicht bewegen. Was ist mit mir? Wer bin ich?«, fragte Liza verzweifelt und Tränen rollten über ihr Gesicht.

»Ich muss doch, aber ...«, begann sie nochmals und bemerkte, wie sie eine große Müdigkeit überkam.

»Ganz ruhig, alles wird schon werden«, hörte sie noch bevor sie wieder in einen tiefen Schlaf fiel.

Einige Stunden mussten vergangen sein, denn nun drang helles Tageslicht in den Raum, als Liza wieder erwachte. Jetzt wusste sie, wo sie sich befand - in irgendeiner Klinik.

Jedoch alle Erinnerungen an die Vergangenheit waren wie ausgelöscht. Ein Fragenmeer tobte in ihr und vor innerlicher Spannung zitterte sie leicht. Sie zwang sich zur Ruhe, was ihr nicht ganz gelang.

Eine weißgekleidete Frau betrat den Raum, und mit einem sehr freundlichen Ausdruck im Gesicht näherte sie sich Liza.

»Guten Morgen«, sagte die Frau. Bevor Liza den Gruß erwiderte, las sie den Namen, der auf dem kleinen Schildchen stand, das am Kittel der Frau baumelte.

»Guten Morgen, Doktor Steward.«

Liza hatte ihre Augen erwartungsvoll weit geöffnet. Ein Lächeln huschte über Doktor Stewards Gesicht, als sie sich nun auf den Rand von Lizas Bett setzte. Fragend blickte Liza sie an.

»Sie haben uns heute Nacht ganz schön überrascht«, meinte Doktor Steward sehr rätselhaft.

Noch immer blieb Liza bewegungs- und wortlos, denn sie hoffte auf erklärende Worte. Aber nichts dergleichen geschah.

»Wie fühlen Sie sich?«, fragte die Ärztin und fühlte Lizas Puls.

»Wie sollte ich mich denn fühlen?«, gab Liza mit gekrauster Stirn zurück. Mit Zweifel verratendem Blick schaute Doktor Steward Liza genau in die Augen und ließ langsam deren Arm wieder los.

»Wir hofften, Sie würden uns was erzählen?«

Doktor Steward sah sie nun mit hochgezogenen Augenbrauen erwartungsvoll an.

»Was denn erzählen?«, wunderte sich Liza.

»Eben alles«, antwortete Doktor Steward kurz.

Das Maß der Erträglichkeit war erreicht und Liza ließ ihren Gefühlen freien Lauf. Ihr junges Antlitz wurde noch einen Schein blasser, als es schon war und dicke Tränen rollten über ihre Wangen. Mit aller Kraft wollte sie sich aufrichten, was ihr nicht ganz gelang, aber ihre Stimme war laut und eindeutig zu verstehen.

»Sagen Sie mir doch endlich, warum ich hier bin!? Was ist denn nur passiert? Und warum sind Sie so überrascht?«

Lizas Worte wurden leiser.

»Und warum kann ich meine Beine nicht spüren?«

Sogleich ließ sie sich zurück ins Kissen fallen, drehte den Kopf zur Seite und weinte wie ein kleines Kind. Doktor Steward drückte auf den Schalter mit dem blinkenden Licht und streichelte Liza mit der anderen Hand an der Schulter.

»Ganz ruhig, ich werde Ihnen alles erklären. Sie sind noch sehr schwach und wir müssen ganz langsam vorgehen.«

Die Tür wurde aufgerissen und zwei Pfleger, ebenfalls in Weiß gekleidet, standen neben Lizas Bett. Sie spürte einen Stich im Arm und gleich darauf erschlafften all ihre Muskeln. Liza fühlte sich wie benebelt und nach und nach wurde ihr schwarz vor Augen. Im Unterbewusstsein, schon fast fern ihrer Sinne, hörte sie noch einige Stimmen, die durcheinanderredeten. Dann waren sie lang und auseinandergezogen und mit tiefem Akkord. Fast gespenstisch klingend sagte eine:

»Sie … weiß …nichts … mehr …«

Liza bewegte die Lippen, doch sie war ihrer nicht mehr mächtig; sie versank in einen tiefen traumlosen Schlaf.

Irgendwann erwachte Liza wieder und sie blieb ruhig, als sie sich im Zimmer umsah.

»In welcher Klink bin ich hier?«, flüsterte sie leise.

Oder war das kein normales Krankenhaus? Hatte man sie eingesperrt? Nochmals würde sie sich nicht so aufbrausend verhalten, denn dann würde sie wohl nie erfahren, was mit ihr geschehen war. Alles war so eigenartig. Die Gedanken purzelten durch ihren Kopf.

»Was ist hier nur los? Weshalb sagt mir niemand die Wahrheit? Und - wer bin ich eigentlich?«

Einsam und von allen Erinnerungen verlassen, lag Liza in einem Krankenbett, in einem Einzelzimmer, umgeben von weißen Wänden. Es fehlten nur noch Gitterstäbe vor den Fenstern und Lizas Vermutung hätte sich bestätigt. Jedoch mit ihrer Vermutung, dass sie sich im Gefängnis oder in einer Klinik für Psychopaten befand, lag sie falsch. Keine Eisenstäbe, die vor den Fenstern angebracht waren, verhinderten die Sicht nach draußen. Nein, es musste einen anderen Grund geben, weshalb sie hier war.

Noch völlig in ihre Grübeleien versunken, versuchte sie ihren, zur Hälfte leblosen Körper, zu erkunden. Mit großer Erleichterung stellte Liza fest, dass ihr keine Gliedmaßen fehlten, obgleich sich körperabwärts nichts mehr bewegte. Nun strich sie mit der Hand über ihren Bauch. Um ihren Nabel herum schien eine Wunde oder Entzündung zu sein, denn die Berührung schmerzte leicht. Etwas tiefer fühlte sie eine streifenförmige Verhärtung. Das muss eine Narbe sein, dachte sie. Sie könnte vielleicht von einer Operation stammen. Aber so sehr sie sich auch zu erinnern versuchte, sie konnte es einfach nicht. Die Vergangenheit war wie ein Blick in einen mit Wolken bedeckten Himmel, der keinen klaren Gedanken zuließ.

Vorsichtig wurde die Tür geöffnet und eine Schwester lugte ins Zimmer.

»Oh, Sie sind ja wach! Ich werde gleich Bescheid sagen.«

Sie zog die Tür zurück ins Schloss.

»Was ist hier bloß los?«, fragte sich Liza. »Ich weiß von nichts und doch tun alle so geheimnisvoll.«

In Begleitung einer männlichen Person, die aber keinen weißen Kittel trug, erschien Doktor Steward. Liza betrachtete die beiden von oben bis unten und in ihr stieg ein beängstigendes Gefühl auf.

»Guten Tag, mich kennen Sie ja bereits«, sagte Doktor Steward. Sie hob den Blick und richtete ihre Augen auf den Mann neben ihr. Dann sah sie Liza an und meinte:

»Entschuldigen Sie bitte unser eigenartiges Verhalten. Aber wir standen plötzlich vor einer unerwarteten Situation, der wir glaubten, nicht gewachsen zu sein. Ich habe Ihnen jemanden mitgebracht, der sich bestens mit solchen Fällen auskennt. Das ist Doktor Miller, er kann Ihnen sicherlich helfen.«

Doktor Miller senkte den Blick in Lizas Augen und hielt ihr seine Hand entgegen. Liza überfiel das Gefühl der Scham, als er ihre Hand berührte, denn dieser Mann strahlte sprichwörtlich vor Attraktivität. Sogleich huschte ein unbeschreiblich seltsames Lächeln über sein Gesicht, das Liza innerlich zusammenzucken ließ. Sie wusste nicht einmal wie sie aussah.

Sicherlich war ihre Gesichtsfarbe matt und fahl. Ihre Haare kitzelten sie an der Schulter und sie wusste, dass sie blond und strähnig waren. Hübsch war sie mit Sicherheit nicht und deshalb stieg ihr eine Blutwelle ins Gesicht, und in ihren Augen lag eine Mischung von Angst, Schreck und auch Abwehr. Was ist hier bloß los und was soll dieser Mann?, fragte sie sich insgeheim und schob schnell ihre Hand wieder unter die Bettdecke.

Doktor Steward schenkte Liza noch ein Lächeln bevor sie wortlos aus dem Zimmer verschwand. In Liza schrie es: Halt, Sie können mich doch nicht allein lassen mit ihm! Aber es waren nur ihre Gedanken. Liza bebte vor innerlicher Spannung und hilfesuchend kreisten ihre Augen, um schnell einen Punkt fixieren zu können, nur um nicht in das Gesicht des Mannes blicken zu müssen. Sie schaute nachdenklich zum Fenster und wollte einfach nur abwarten.

Doktor Miller nahm den Stuhl, der vor dem kleinen Tischchen stand und setzte sich zu Liza neben das Bett.

»So, liebe Frau ohne Namen. Ich hoffe, ich kann Ihnen helfen«, sprach er und griff sich dabei sinnierend an die Stirn, wobei er unentwegt Liza anblickte.

»Sie sind also ...?«, begann Liza und blickte immer noch zum Fenster.

»Sie meinen, ob ich ein …?«

»Ja, ob Sie ein Seelenklempner sind?«, unterbrach ihn Liza mutig. Doktor Miller schmunzelte.

»Wenn Sie das so beschreiben wollen, auch gut. Sie haben Recht«, antwortete er ruhig und mit einer Gelassenheit, die erdrückend war.

Ein Psychiater?, fragte sich Liza. Bin ich eine Psychopatin, oder was? Liza wagte nun den direkten Blickkontakt und vergaß ihre Scham vor diesem Mann. Der Drang, endlich alles über sich zu erfahren, war stärker und sie fragte bittend:

»Sagen Sie mir doch bitte, was ich hier mache! Die Ungewissheit frisst mich auf.«

Es war, als hätte Doktor Miller nur auf diese Frage gewartet, denn er schlug die Akte auf, die auf seinem Schoß lag. Langsam begann er zu berichten.

»Da Sie sich anscheinend an nichts erinnern können, muss ich Ihnen mitteilen, dass Sie einen schweren Autounfall nur sehr knapp überlebt haben.«

Abwartend blickte er in ihr junges Gesicht.

»Haben Sie irgendeine Ahnung, wie es dazu kommen konnte?«

»In keinster Weise«, schüttelte sie den Kopf und legte die Hand auf ihren Mund.

»Und weiter?«, fragte sie durch ihre Finger.

»Sie wurden in letzter Sekunde, so muss man das wirklich sagen, aus dem Autowrack gerettet, denn es explodierte gleich darauf. Alles was wir haben, sind Sie.«

Liza riss die Augen auf.

»Und deshalb wissen Sie nicht …«

»Ja, deshalb wissen wir nicht, wer Sie sind.«

Liza nagte nun an ihrer Unterlippe. »Aber …, aber? Werde ich denn nicht vermisst?«, fragte sie fassungslos.

Doktor Miller schüttelte langsam den Kopf.

»Sie hatten keine Papiere bei sich. Ich finde das ja auch sehr eigenartig. Aber bislang hat sich noch niemand nach Ihnen erkundigt. Sie wurden weder als vermisst gemeldet, noch hat jemand nach Ihnen gefragt«, wiederholte er nochmals.

»Also bin ich ein Nobody«, stellte Liza fest. Tränen liefen ihr übers Gesicht, und sie drehte den Kopf zur Seite, um es verbergen zu können.

»Sie sollten nicht verzweifeln«, meinte Doktor Miller fürsorglich. »Wir werden schon herausbekommen, wer Sie sind. Doch bis dahin habe ich einen Vorschlag Miss Nobody,« er hielt inne und lächelte sie an. »Ich meine das keineswegs beleidigend. Nur, bis wir Näheres in Erfahrung bringen, kann etwas Zeit vergehen und ich möchte Sie doch anreden können.«

»Vielleicht ist die Zeit zu kurz«, hakte Liza ein. Es wird sich schon noch einer melden, der mich sucht.«

Ihre Augen leuchteten voller Hoffnung und nun gab sie Doktor Miller ein leichtes Lächeln zurück. Doktor Miller zuckte nur wortlos mit der Schulter. Nachdenklich strich er sich wieder über die Stirn und suchte nach passenden Worten. Ohne auf Lizas Äußerung einzugehen, fragte er kurz:

»Darf ich Sie Liza nennen?«

Jetzt krauste sich Lizas Stirn und sie hob den Kopf.

»Aber, ich heiße doch sicherlich ganz anders. Wir können doch noch warten bis ...«

»Das können wir eben nicht«, unterbrach er sie und schloss für einen Augenblick die Augen. Es tat ihm Leid, dass er jetzt so direkt sein musste.

»Wieso nicht?« Ohne darauf zu antworten sah er Liza ins Gesicht. Er zwang sich zur Ruhe und musste erkennen, dass Liza völlig fern der Realität lebte. Natürlich!, sprach er zu sich selbst, auch das kann sie ja nicht wissen. Doktor Miller suchte noch nach passenden Worten, als Liza plötzlich aufbrauste:

»Sagen Sie mir endlich, was für ein Geheimnis sich hinter der ganzen Sache verbirgt! Habe ich denn kein Recht darauf, es zu wissen? Was geht hier vor sich?«

»Ganz ruhig! Bitte! Wenn Sie sich aufregen, dann bringt das gar nichts. Im Gegenteil, es wirft uns zurück. Sie sind noch sehr schwach, und ich muss Ihnen die Wahrheit schonend beibringen.«

»Welche Wahrheit denn?«, fragte sie leise weinend.

Doktor Miller atmete tief durch.

»Man hat Sie zwar rechtzeitig aus dem Autowrack gerettet und sofort eine Notoperation durchgeführt, aber Sie wollten aus der Narkose einfach nicht mehr erwachen.«

Doktor Miller nickte langsam und wartete Lizas Reaktion ab.

Liza kam zu einer schrecklichen Erkenntnis. In Gedanken sprach sie: »Ich lag also im Koma! Sind deshalb meine Gedanken wie ausradiert? Aber über eine kurze Zeit hinweg kann da doch nicht alles aus dem Gedächtnis verschwinden? Oder doch? Wie alt bin ich denn überhaupt?«

Doktor Miller blickte in die Akte.

»Nach unseren Schätzungen etwa einundzwanzig.«

Liza bemühte sich ruhig zu bleiben. Sie war ja noch blutjung und bevor sie nun ihre nächste Frage stellen wollte, holte sie tief Luft:

»Und wie viele Tage lag ich im Koma?«

Sie war auf Doktor Millers Antwort gespannt, doch ein wenig Angst hatte sie dabei. Sogleich presste sie die Lider über die Augen und verzerrte das Gesicht. Doch ihre Ohren waren gespitzt und sie spürte auf einmal, wie Doktor Miller nach ihrer Hand griff. Sie zuckte etwas zusammen, doch sie ließ es geschehen.

»Wie viele Tage?«, wiederholte Doktor Miller.

»Mm ... ? Wie soll ich Ihnen das genau erklären?«

Liza sah ihn nun fragend an und konnte nicht recht glauben, dass er ihr eine so einfache Frage nicht beantworten konnte. Doktor Millers nächste Reaktion sollte Liza beruhigen und auch vorbereiten, auf das was er ihr nun erzählen musste. Er legte seine Hand schützend auf Lizas und begann leise.

»Ich will es Ihnen mal so erklären. Am Tag des Unfalls waren Sie ungefähr neunzehn Jahre alt gewesen.«

Liza schniefte laut durch die Nase, dann weiteten sich ihre Augen. Sie konnte nicht glauben, was sie eben doch deutlich verstanden hatte. Erschüttert schluchzte sie:

»Zwei Jahre?!« Noch einmal holte Liza tief Luft und dann brach es laut aus ihr heraus: »Zwei lange Jahre habe ich hier im Koma gelegen?« Sie zitterte am ganzen Leib.

Doktor Miller drückte ihre Hand fest in seine.

»Ja, das ist eine verdammt lange Zeit. Aber Sie haben es geschafft und sind wieder bei Sinnen. Das ist schon ein freudiges Ereignis.«

»Ein freudiges Ereignis?«, wiederholte Liza.

»Das kann man wohl sagen, denn wie es Ihnen geht, ist sehr überraschend für alle.«

Das war es also, was alle so überrascht hatte, dachte Liza insgeheim. Und sie bemühte sich stark, ihre sie jetzt durchströmenden Gefühle unter Kontrolle zu halten.

»Was hätte Ihrer Meinung nach denn mit mir sein können?«

Doktor Miller meinte nur ganz leise:

»Darüber reden wir ein anderes Mal ausführlicher. Ich kann Ihnen nur so viel sagen: Sie hatten großes Glück. Für heute habe ich Ihnen viel abverlangt und will Sie erst einmal in Ruhe lassen. Ich lasse mich dann morgen wieder sehen.«

Liza zuckte mit der Schulter und Doktor Miller steuerte auf die Tür zu.

»Verarbeiten Sie bitte alles und morgen sehen wir weiter. Doktor Steward wird Ihnen auch noch einige Fragen beantworten.« Mit diesen Worten ging er aus Lizas Zimmer.

Liza war geschockt. Zwei Jahre hatte sie also im Koma gelegen. Das ist wirklich eine verdammt lange Zeit. Plötzlich fiel es ihr wie Schuppen von den Augen und laut sprach sie in den Raum:

»Und noch immer hat sich niemand nach mir erkundigt?« Wieder verzerrte sich ihr Gesichtsausdruck und sie war dem Weinen nahe. Das konnte sie sich einfach nicht erklären!

»Weshalb sucht und vermisst mich denn keiner?« Jetzt verstand sie Doktor Millers eigenartiges Verhalten. Er wollte ihr einen Namen geben und Liza kam zur Einsicht, dass es an der Zeit wäre, dieses Angebot anzunehmen. Wenn sie bis jetzt niemand vermisst hatte, dann ...?

Doktor Steward riss Liza aus ihren zermarternden Gedanken, als sie eintrat und freundlich lächelte. Etwas geistesabwesend starrte Liza auf die Ärztin und machte ein bekümmertes Gesicht.

»Geht es Ihnen gut?«, fragte Doktor Steward fürsorglich. Liza versuchte zu nicken, doch konnte man es ihr ansehen, dass sie etwas bedrückte.

Leise fragte sie: »Die halbe Wahrheit habe ich erfahren, aber ich muss die ganze wissen?!«

»Die ganze Wahrheit?«, wiederholte Doktor Steward skeptisch. Liza nagte an der Unterlippe. »Ja, ich ... muss ...«, sie holte tief Luft. »Sagen Sie mir bitte, was die Lähmung in meinen Beinen zu bedeuten hat?«

Die wichtige Frage war heraus und sie blickte Doktor Steward erwartungsvoll an.

»Ach, das meinen Sie.«

Doktor Steward ging wieder Richtung Tür und sprach:

»Ich werde Ihre Krankenakte holen. Als Sie vor zwei Jahren - jetzt wissen Sie es ja - hier eingeliefert wurden, arbeitete ich noch in einer anderen Klinik. All so lang bin ich noch nicht hier tätig. Wir werden sehen, was Chefarzt Mc Lanes genauer Befund war.« Doktor Steward wollte gehen.

»Wo ist dieser Arzt jetzt?«, rief Liza ihr noch hinterher. Die Ärztin lugte noch einmal durch den Türspalt.

»Er ist im Ruhestand und soll diesen angeblich weit weg von hier sehr genießen.«

Liza musste sich mit dieser Aussage zufriedengeben. Bis Doktor Steward sich hier wieder einfinden würde, wollte sie einen kurzen

Blick auf ihren Körper werfen. Mühsam richtete sie sich auf, schob mit der einen Hand die Bettdecke zur Seite und sah nun ihre spindeldünnen Beine in denen kein Leben mehr zu sein schien. Liza konnte keine Narben erkennen, die darauf hindeuten könnten, dass ihre Beine durch offene und schlecht verheilende Frakturen leblos wurden.

»Nein, das konnte nicht die Ursache sein«, dachte sie und da erschien Doktor Steward wieder.

Verdutzt blickte die Ärztin auf Lizas nackte Beine und zog dann die Tür ins Schloss.

»Erschrecken Sie nicht! Dieser Anblick darf Sie nicht entmutigen. Immerhin lagen Sie lange Zeit untätig im Bett, da ist kaum noch Muskelgewebe vorhanden.«.

Schnell bedeckte Doktor Steward Lizas nackte Gliedmaßen und holte tief Luft. Liza erkannte die Nervosität, die in Doktor Steward herrschte und schloss daraus, dass mit ihren Beinen etwas nicht stimmte und sie vielleicht nie wieder zu laufen vermochte.

»Sie brauchen nichts zu beschönigen, Doktor Steward«, sagte Liza und schluchzte etwas. Für einen Augenblick blickten die beiden Frauen sich in die Augen und irgendwie empfand Liza eine Erleichterung, die sie sich nicht erklären konnte.

»Ich werde versuchen nichts zu beschönigen«, begann Doktor Steward und setzte sich auf den Bettrand. Doktor Steward sah in die Akte.

»Vor zwei Jahren wurden Sie hier aufgenommen. Bis auf einige Schürfwunden hatten Sie keine äußerlichen Verletzungen. Doktor Miller hat Ihnen sicherlich erzählt, dass Sie in letzter Sekunde aus ihrem Fahrzeug gerettet wurden. Ihr Wagen ging gleich darauf in Flammen auf. Sie hatten wirklich großes Glück.«

Liza nickte wieder und blieb stumm. Vor ihrem geistigen Auge sah sie einen Wagen, wie er explodierte und geschockt sah sie in Doktor Steward Augen.

Liza erfuhr von Doktor Steward, dass die Narbe, die sie auf ihrem Bauch entdeckt hatte, von einer Operation herstammte. Es war kein so lebensbedrohlicher Eingriff gewesen. Nur eine kleine Operation am Magen, die nötig war, da sie hinter dem Lenkrad ihres Fahrzeugs eingeklemmt wurde und die Milz musste ihr entnommen werden. Aber man konnte auch ohne dieses Organ gut leben. Doktor Steward wunderte sich nur etwas über die Größe der Narbe, doch sie wollte nicht weiter darauf eingehen. Vielleicht hatten Komplikationen dazu geführt, einen solch untypisch großen Schnitt für diese Operation zu benötigen, obgleich hierzu nichts in der Akte stand.

Lizas Bauchnabel und seine Umgebung waren etwas entzündet - und das war ganz typisch und normal - da sie bis zu ihrem Erwachen heute über eine Magensonde versorgt wurde.

Diese Sonde wurde erst gestern gezogen und sollte heute neu gesetzt werden. Dieser Prozedur bräuchte sie sich nicht mehr unterziehen, da sie sich nun langsam an feste Nahrung gewöhnen könnte. Jetzt war sie ja hellwach und könnte ihr neues `Leben` beginnen!

Und die Gefühllosigkeit in den Beinen würde eine Therapie beseitigen. Es gab keine Anzeichen dafür, die auf eine dauerhafte Lähmung hindeuteten. Nach und nach müsste sie ihre Muskeln aufbauen und irgendwann wieder laufen können.

Liza war, als fiele schwerer Ballast von ihrer Brust, denn das war eine sehr erfreuliche Nachricht. Gleich am nächsten Tag sollte mit der Physiotherapie begonnen werden, wenn Lizas Gemütszustand das zuließ.

Zufrieden verließ Doktor Steward Lizas Krankenzimmer und ging in ihr Büro. Sie fühlte sich erleichtert, denn sie hatte dieser jungen Frau auch gute Nachrichten überbringen können. Alles Ungeklärte würde sich noch finden.

Nun hatte Liza wieder eine Zukunft vor Augen, wenngleich die Vergangenheit wie ausgelöscht war.

Nachdenklich saß Doktor Steward an ihrem Schreibtisch, als das Telefon schellte.

»Doktor Steward, am Apparat.«

»Hier Doktor Mc Lane. Ich war vor Ihnen der Chefarzt der Klinik«, erklärte eine männliche Stimme.

»Oh, ich ..., Doktor Mc Lane, wir haben uns leider nie kennengelernt«, erwiderte Doktor Steward sehr überrascht.

»Wie nett, dass Sie sich bei mir melden. Hat Ihr Anruf denn einen wichtigen Grund?«

Sicherlich musste es einen Grund geben, dachte Doktor Steward, aber sie stellte diese Frage der Höflichkeit wegen.

»Nein, eigentlich ... Ich wollte mich nur mal erkundigen, wie alles so läuft?«

Es sind zwei Jahre vergangen und nun interessiert er sich, wie es hier so läuft?, fragte sich Doktor Steward, aber sie wollte sich ihre Verwunderung nicht anmerken lassen.

»Nun ja, ganz gut denke ich«, sie verzog ihr Gesicht.

Was sollte das jetzt? Was wollte er erfahren?

»Das ist schön, Doktor Steward, solch eine Nachfolgerin wünscht sich jeder«, lobte Doktor Mc Lane und räusperte sich. Eine Pause entstand.

Doktor Steward dachte, dass das Gespräch wohl gleich beendet sein würde, denn Mc Lane - wenn er es wirklich war - kam mit der Sprache nicht heraus. Aber damit lag sie völlig falsch. Die Pause hielt an.

»So, Doktor Mc Lane, auf mich wartet viel Arbeit«, meinte sie leichthin und lauschte gespannt an der Ohrmuschel.

»Ach ja, was ist denn eigentlich mit der jungen Patientin?«, begann Doktor Mc Lane und hielt sofort wieder inne.

Junge Patientinnen gab es viele in der Klinik und Doktor Steward horchte auf.

»Wen meinen Sie, Doktor Mc Lane?«

»Ich meine natürlich die junge Frau, die ins Koma gefallen ist. Es ist doch schon sehr lange her. Ist sie ...? Wie ist ihr jetziger Zustand?«

Doktor Steward nahm die Lesebrille von der Nase. Sie kannte diesen Doktor Mc Lane gar nicht und nun sollte sie diesem fremden Mann am anderen Ende der Leitung über diese Patientin Auskunft erteilen?!

Einige Sekunden überlegte sie und dann entschied sie sich, ihm die Neuigkeit zu erzählen. Denn niemand hatte diese junge Patientin bislang vermisst und niemand interessierte sich für deren Zustand. Diese Tatsache bewegte sie dazu, ihm Glauben zu müssen, dass er Doktor Mc Lane war.

»Die Patientin hat immer noch keinen Namen, Doktor Mc Lane.«

»Ach, das arme Mädel«, hakte er sofort ein, »so ein junges Leben. Haben Sie denn noch Hoffnung, dass sie überhaupt noch ...?«, brach er ab.

»Doktor Mc Lane! Sie haben mich nicht ausreden lassen, die junge Dame weiß nicht wer sie ist, das hat sie uns selber mitgeteilt.«

»Sie ist bei Bewusstsein??«, fragte er leicht schockiert.

»Ja, das ist sie, aber das ist doch ein Grund zur Freude, Doktor Mc Lane«, wollte sie klarstellen, denn obgleich sie ihn nicht sehen konnte, spürte sie, dass ihn diese Nachricht aufregte.

»Ja, es ist erfreulich das zu hören, Doktor Steward, aber es hat mich doch sehr überrascht.«

Jetzt klangen seine Worte mitfühlend und freundlich, ja sehr interessiert.

»Wie fühlt sie sich? Geht es ihr soweit gut?«

»Den Umständen entsprechend ja. Wir werden sie aufbauen und wenn sie das mit ihren Muskeln auch tut, dann ... aber wissen Sie, Doktor Mc Lane! Wenn Sie möchten, können Sie sich auch selbst ein Bild machen ...!«, bot sie ihm an, denn sie hätte ihn gern selbst kennengelernt und nachgeholt, was ihr anfangs nicht möglich gewesen war, da er sich in der Klinik nicht mehr blicken ließ. Er hatte sich weder vorgestellt, noch hatte er sie in die Arbeit der Klinik eingearbeitet.

»Nein, nein, wenn ich höre, dass es ihr gut geht, dann ist das schön zu wissen. Bei Ihnen ist sie in guten Händen«, meinte er und wieder konnte Doktor Steward ein wenig Nervosität in seiner Stimme spüren. Gern hätte sie das Gesicht des Mannes am anderen Ende der Leitung gesehen. Sie verfügte schon mit ihren jungen Jahren über eine besondere Art Menschenkenntnis. In den Gestiken der Patienten erkannte sie schnell deren wahre Emotionen und ertappte damit auch nur vorgespielte Schmerzempfindungen. Wahrheit oder Lüge?! Doktor Steward konnte man nichts vormachen, das wussten bereits einige ihrer Patienten die sie behandelte. Doch in diesem Augenblick konnte sie das Gesicht von Doktor Mc Lane nicht sehen und sie lauschte den Geräuschen, die sie durch den Apparat vernahm. Doktor Steward war sich nicht sicher. Was wollte er nun wirklich von ihr erfahren, oder was wollte er von ihr hören?

»Doktor Mc Lane, ich muss jetzt nach meinen Patienten sehen«, log sie ihn an, denn das Hin und Her wollte sie beenden.

»Möchten Sie noch etwas wissen? Ich werde gerufen.«

»Nein, das war alles, Doktor Steward.«

»Soll ich der Patientin vielleicht etwas bestellen?«, bohrte sie nochmals und erwartete gespannt seine Reaktion.

»Ach, eigentlich kennt sie mich ja gar nicht, aber wünschen Sie ihr doch alles Gute für die Zukunft«, sagte er freundlich klingend, denn es gehörte sich eben so.

»Das mache ich gern, Doktor Mc Lane. Sie können mich gern wieder sprechen, aber jetzt muss ich, das verstehen Sie doch?«, wimmelte sie ihn ab.

Aufgerüttelt durch diesen Anruf, der sie regelrecht dazu aufforderte, holte Doktor Steward Lizas Akte und inspizierte die Untersuchungsbefunde genau. Darin stand aber nur, was sie schon gelesen hatte, und dass die Patientin eine seltene Blutgruppe hatte.

Noch Minuten später, nachdem sie die Akte wieder geschlossen hatte, blickte Doktor Steward nachdenklich aus dem Fenster und fragte sich immer wieder:

»Was sollte dieser Anruf überhaupt? Gab es da ein Geheimnis, von dem sie nichts wusste?«

Nur zwei Schwestern aus dieser Abteilung kannten ihn noch. Gleich nach seiner Pensionierung kündigten zwei andere Schwestern, die eng mit ihm zusammengearbeitet hatten. Den Grund dafür kannte niemand, aber man stellte Vermutungen an. Und die Informationen, die Doktor Steward über ihren Vorgänger erhalten hatte, waren ausreichend, um sich ein Bild von diesem Mann machen zu können.

Mc Lane war ein Chefarzt, der in seiner Klinik keine Widerrede gegen seine Diagnosen duldete. Sein Wesen war bestimmend und er ließ kein Vergehen unbestraft. Ordnung muss sein, so lautete seine Devise. Schon einige Jahre vor seiner Pensionierung redete er davon, wie er diesen wohlverdienten Ruhestand irgendwo fern von hier in der Sonne genießen wollte. Während seiner Tätigkeit hatte er mehrere Affären mit j ungen Schwestern. Nie aber hatte er geheiratet. Dazu hätte er noch genügend Zeit nach seiner Pensionierung, meinte er.

Das Klopfen an der Tür riss Doktor Steward nun aus ihren momentanen Gedanken. Jetzt verlangte wirklich jemand nach ihr und augenblicklich vergaß sie den mysteriösen Anruf und widmete sich ihrer Arbeit.

Liza grübelte vor sich hin und als sich die Tür zu ihrem Krankenzimmer öffnete und Lernschwester Mary das Zimmer betrat, äußerte sie einen sehnlichen Wunsch.

»Schwester, würden Sie mit bitte etwas bringen?«

»Ja, ich hatte gerade vor, Sie zu fragen, ob Sie etwas wünschen oder brauchen.« Sie lächelte.

Liza berührte ihr Gesicht und mit weit aufgerissenen Augen flehte sie: »Ich möchte etwas ganz Spezielles. Ich weiß weder meinen Namen, noch weiß ich ...«, sie senkte den Blick nach unten.

»Wie Sie aussehen?«

»Ja, wie sehe ich denn aus?«

Sofort flitzte die Schwester aus dem Raum und rief noch dabei:

»Ich werde gleich wieder da sein ... bin gleich wieder da«, trällerte sie.

Liza fieberte den Moment entgegen.

Dann war es soweit.

Sie hielt einen winzigen Spiegel in den Händen. In der Eile und mit großer Aufregung begleitet, fand die junge Mary nur ihren Kosmetikspiegel in ihrer Tasche. Das kleine Spiegelchen zeigte Liza nur einzelne Teile ihres Gesichts, jedoch war es vorerst die beste Lösung. Dankbar blinzelte Liza Mary an.

Lizas Augen waren also himmelblau, sie hatte eine gerade Nase und schön geschwungene Lippen. Ihre Hautfarbe war matt und fahl, doch ihre Haut war glatt und ebenmäßig. An der Schläfe entdeckte sie eine kleine Narbe, sie war nur winzig und fast unbedeutend.

Aufgeregt stand Mary neben Liza und fieberte mit. So etwas hatte sie niemals zuvor erlebt.

»Haben Sie sich wiedererkannt?«, fragte sie mit leicht bebender Stimme.

»Nein,« schüttelte Liza den Kopf, »es ist, als hätte ich dieses Gesicht niemals zuvor gesehen«, antwortete sie ehrlich.

»Nein!?«, wiederholte die Schwester laut und konnte es gar nicht fassen.

Liza griff in ihr Haar. Es war blond, das hatte sie bereits erkannt, denn es war lang und lag über ihrer Schulter.

»Und, wie gefallen Sie sich?«, wagte die Schwester zu fragen.

Liza zog die dunklen Augenbrauen hoch.

»Was meinen Sie denn?«

»Sie sind sehr hübsch, wenn ich das mal so sagen darf. Ihre Hautfarbe ist zwar etwas fad, aber das ist kein Problem, denke ich«, antwortete die Schwester ungezwungen und starrte Liza unentwegt an.

»Na dann ...«, gab Liza zurück und hoffte, durch das verschmitzte Lächeln, was sie der Schwester zuwarf, würde diese verstehen, was sie von ihr wollte.

Und die Schwester verstand es genau …!

Doktor Miller betrat Lizas Krankenzimmer, und gleich nach seinem freundlichen `Guten Morgen`, stockte ihm der Atem. Leicht irritiert hielt er die Türklinke fest, schüttelte erstaunt den Kopf und kniff für einen Moment die Augen zu. Es war, als suchte er nach der Frau, die er zuletzt in diesem Zimmer gesehen hatte, als er es gestern verließ. Wo war das fahle, matte und traurige Gesicht in das er geschaut hatte?

Endlich blieb sein Blick an Liza haften und als sie ihm freundlich zunickte, erwiderte er es unwillkürlich und wiederholte nochmals:

»Guten Morgen!« Sinnierend strich er sich durch das Haar und fügte hinzu: »Ich dachte zuerst, ich wäre im falschem Zimmer gelandet.«

Liza fühlte sich geschmeichelt, ahnte sie doch, dass ihn ihre neue Aufmachung sehr verwundert hatte.

»Nein, Sie sind schon richtig, wenn Sie mich suchen, Doktor Miller.«

Liza genoss das verwirrte Verhalten des Mannes vor ihr.

»Unglaublich«, stieß Doktor Miller unbemerkt hervor.

»Wie meinen Sie?«, kam aus den dezent geschminkten Lippen.

»Ach, ich ...«, stammelte er kurz, ging auf Liza zu und gab ihr, um die Begrüßung zu vertiefen, seine Hand.

Vor ihm saß eine bildhübsche junge Frau, mit blonden, langen, lockigen Haaren, leicht getönter Haut und einem Hauch Farbe auf den Lippen.

»Ich freue mich auch Sie zu sehen«, meinte Liza jetzt und erwiderte seinen festen Händedruck.

»Nennen Sie mich ab heute bitte Liza, Doktor Miller. Sie sagten doch, ich brauche einen Namen.«

Doktor Miller nickte und lächelte in sich hinein. Er fühlte sich völlig überrumpelt. Aber es freute ihn, diese »neue Liza« kennenzulernen. Er war Psychiater und er war ein Mann. Beim Anblick dieser jungen hübschen Frau, die sich von einem Tag zum anderen völlig in eine andere Person verwandelt hatte, überfiel ihn urplötzlich ein ihm schon fast unbekanntes Gefühl. Mit seinen achtunddreißig Jahren war er zwar um einiges älter als Liza, aber er war nicht zu alt, um sich nicht an dem ihm gebotenen Anblick zu erfreuen. Dafür ist ein Mann wohl nie zu alt!

Doktor Miller lebte allein. Seine Ehe ging in die Brüche und seine ehemalige Frau, Lynn vergnügte sich irgendwo mit einem reichen Unternehmer, der durch einige nicht ganz legale Machenschaften zu großem Reichtum gekommen war. Miller hatte seine Frau über alles geliebt und konnte sie einfach nicht vergessen. Lynn war von ihm verwöhnt worden, soweit er nur konnte, denn auch er war nicht ganz mittellos. Jedoch ihre ausschweifende Reiselust und ihren Sinn nach einem luxuriösen Leben konnte er nicht befriedigen. Er konnte nicht umherschwirren wie ein Vogel und nur genießen, denn den erreichten Lebensstandart hatte er nur der Ausübung seines Berufes zu verdanken. Sein Ruf als Psychiater war hervorragend, weil seine unkonventionellen

Methoden schon vielen Menschen aus einer Lebenskrise geholfen hatten. Nur bei seiner Frau wusste er keinen Rat. Und so hatte er vor acht Jahren die Trennung hinnehmen müssen. Aus Liebe zu ihr ließ er sie gehen. Ganz ohne schmutzige Auseinandersetzungen gab er ihr die Freiheit zurück. Geld wollte sie keines von ihm, ihr neuer Partner hatte genug davon, und da sie schnell darauf heirateten und keinen Ehevertrag aufsetzten, würde Lynn immer gut versorgt sein.

In all den Jahren verfolgte Doktor Miller nur ein Ziel. Er wollte unabhängig sein und vielleicht könnte er ihr irgendwann das bieten, was sie wollte und sie zurückerobern. Aber wie er es anstellen würde, wenn es soweit wäre, dafür hatte er keinen Plan. Nach und nach war er zwar immer vermögender geworden, denn er gönnte sich nichts. Aber da blieben noch zwei Tatsachen die seinen Traum störten. Erstens war Lynn nun wieder verheiratet und zweitens müsste er sich für sie und ihre Bedürfnisse aus seiner gewohnten Umgebung reißen. Er hasste es aber, auf Reisen zu gehen!

Zwei oder dreimal im Jahr rief ihn seine Exfrau an und er erfuhr von ihr, wo sie sich gerade aufhielt - auf welchen Teil der Erdkugel sie diesmal war. Stets war sie glücklich, seine Stimme zu hören und sie plauderte amüsiert über alles, was sie erlebt hatte, nicht ahnend, welche schmerzlichen Gefühle sie in ihm damit erweckte. Obgleich er sich ebenso euphorisch in den Gesprächen gab, sah es tief in ihm ganz anders aus. Hätte sie ihn so sehen können, wäre sie wohl traurig geworden, oder sie hätte den Kontakt zu ihm sofort abgebrochen. Das wollte er nicht und somit gaukelte er ihr vor, er führte auch ein sorgenloses Leben mit einer neuen Frau an seiner Seite und belog sich damit selbst. Er ahnte und hoffte, dass sie ihn niemals besuchen würde und dann die Wahrheit sehen könnte.

Allein und einsam ertrug er sein Dasein und steckte all seine Kraft in den Beruf. In seinen Augen war das die wahre Liebe, den anderen glücklich zu wissen, auch wenn man selbst leiden musste. Er gönnte ihr das Glück, aber innerlich schmerzte sein Herz mörderisch. Am Tag der Trennung schwor er sich, für die Zukunft wie im Zölibat zu leben und er war sicher, dieser Herausforderung gewachsen zu sein. Dieses Leben, das er führte, war sein stilles Geheimnis und niemand wusste davon. Sicherlich redeten die Nachbarn über ihn, da er niemals Frauenbesuch empfing. Aber mit der Zeit nahm man ihn so, wie er war, und Fragen stellte sowieso niemand. Seine Arbeit war seine Bestimmung und die machte er hervorragend. Darin fand er sogar Trost, Erleichterung und auch Bestätigung. Der Kummer, die Sorgen, die sexuellen Schwierigkeiten und Bedürfnisse, die seine Patienten ihm im traumatisierten Zustand schilderten, verstärkten sein von ihm gewähltes Dasein nur. Er wollte nicht in ein neues Loch der Trauer gestoßen werden. Ein zweites Mal würde er das nicht verkraften ...

Doktor Miller biss sich auf die Lippen und versuchte dabei leicht zu lächeln, was eindeutig seine momentane Verlegenheit verriet. Er gab Lizas Hand frei und wandte den Blick ab. Gespannt verfolgte Liza sein Mienenspiel, denn es verriet, dass er über irgendetwas nachdachte.

»Für einen Moment glaubte ich ...«, begann er und schwieg sogleich.

»Was?«, fragte Liza und zog erwartungsvoll die Brauen hoch. Schnell drehte er sich wieder zu ihr und meinte:

»Sie haben mich an jemanden erinnert, Liza. Aber es war nur ein Traumbild, das ich sah.«

Lizas Brauen rutschten nach unten und auf ihrer Stirn bildeten sich Unmutsfältchen. Im Stillen dachte sie: Gefalle ich ihm etwa nicht?

Enttäuscht wiederholte sie: »Traumbild?«

Verständnislos sah sie ihm ins Gesicht. Doktor Miller atmete tief durch und entschuldigte sich:

»Verstehen Sie das bitte nicht falsch, Liza! Sie ... Habe ich schon gesagt, dass Sie heute sehr hübsch aussehen?«

Liza schüttelte den Kopf. Ihre Augen glänzten, das Kompliment erfreute sie, obgleich sie anfangs sehr enttäuscht war, da sie glaubte, dass irgendetwas an ihr nicht stimmte.

»Ich danke Ihnen, Doktor Miller, aber ich will ein neues Leben beginnen und das erschien mir der erste Schritt zu sein. Wenn ich mich wohlfühle in meiner Haut, wäre es nicht so schwer, dachte ich«, versuchte Liza zu erklären.

»Sie haben richtig gedacht, Liza, denn ein wichtiger Schritt und Grundvoraussetzung für einen positiven Beginn ist, dass Sie sich gut fühlen. Sie sind noch so jung, und ich werde alles in meiner Macht stehende tun, um Ihnen zu helfen. Das können Sie mir glauben.«

»Das ist schön, Doktor Miller!«

Sie spürte, dass sie sich schon etwas an ihren neuen Namen gewöhnt hatte.

Unglaublich schnell war Liza wieder auf den Beinen. Sie trainierte hart. Ihre Physiotherapeutin musste sie regelrecht bremsen, denn Liza wollte mit aller Gewalt etwas scheinbar Unmögliches schaffen. Aber Lizas Wille und ihr Ehrgeiz halfen Berge zu versetzen. Ihr Gedächtnis aber hatte keine Fortschritte gemacht, alles war immer noch wie ausradiert.

Sie wunderte sich sehr, als Doktor Steward ihr liebe Grüße von Doktor Mc Lane übermittelte. Nur kurz hatte die Ärztin ihr erklärt, dass er der Chefarzt vor ihr auf dieser Station gewesen war. Weshalb er sie grüßen ließ, war ihr ein Rätsel. Liza kannte ihn doch gar nicht. Noch immer hatte sie keinen Schimmer, wer sie war, aber sie konnte wieder laufen! Wenn ihre körperliche Verfassung sich wieder normalisierte, dann könnte sich - das hoffte sie stark - vielleicht auch ihr Gedächtnis regenerieren.

Doktor Miller hielt sein Versprechen, ganz gleich, was ihn dazu auch bewegte, aber er setzte sich für Liza ein und ruck, zuck bekam sie einen neuen Pass, einen Namen und damit eine neue Identität. Er ließ alles in die Wege leiten und letztendlich bot er ihr eine Bleibe an.

Doktor Miller wollte, dass sie die kleine Dachwohnung in seinem großen Haus bezog. Liza sagte zu und doch überkamen sie tiefgreifende Zweifel. Hegte Doktor Miller tiefere Gefühle für sie, oder hatten ihre Sinne sie getäuscht? Sie hatte sich verliebt in ihn, dass gestand sie sich selbst ein.

Doch auch nach Wochen blieb Doktor Miller stets auf Distanz zu ihr. Er war so nett und hilfsbereit. Liza glaubte, er hatte Scheu davor seine Gefühle ihr gegenüber zu zeigen.

Die Dachwohnung gefiel ihr sehr; zwei kleine Räume und eine Miniküche. Über das Mobiliar war sie sehr erfreut, auch wenn es sehr spartanisch wirkte. Was hatte Liza zu erwarten? Noch immer hatte sich niemand gemeldet, der sie vermisste und dieser Zustand hielt an. Ohne Doktor Millers aufbauende Worte wäre Liza sicherlich längst in tiefe Depressionen gestürzt.

Bisher waren ihre Unterhaltungen sehr angespannt und Doktor Miller spürte Lizas Angst. Seinem Vorschlag folgte sie und sie suchte sich eine Beschäftigung. Liza wollte unter Menschen, sie musste sich nach und nach in die Gesellschaft einfügen. Um ihrer Einsamkeit zu entfliehen, besuchte sie einmal in der Woche das Schwimmbad, welches sie ohne große Umstände mit dem Linienbus erreichte. Dort kannte sie niemanden, doch vielleicht würde sie erkannt werden!

Schon am ersten Tag kam Liza in der Umkleidekabine mit einer jungen Frau ins Gespräch, die hier jeden Mittwoch ihre Runden schwamm. Stacy war wie Liza allein da und trainierte außerdem noch an mehreren Tagen der Woche in einem Fitnesscenter. Sie hatte inzwischen einen muskulösen Körperbau und fand sich äußerst attraktiv. Liza lehnte für sich solche künstlich aufgebauten Muskelberge ab, behielt aber ihre Gedanken für sich.

Stacy war, soweit Liza sie bisher kannte, eine lustige und meistens lockere Person, in deren Gesellschaft Liza wenigstens einmal in der Woche ihre Probleme fast vergaß. Eine richtige Freundin würde Stacy aber wohl nicht für sie werden, denn Liza hatte gemerkt, dass sie in bestimmten Situationen recht oberflächlich war.

Über Lizas Aussehen hatte sie sich allerdings nicht negativ geäußert, obwohl diese ihrem Schönheitsideal wahrscheinlich nicht entsprach. Liza war schlank mit gut proportionierten Rundungen an der richtigen Stelle. Normale Ernährung und das Training in der Rehabilitation hatten ihren Körper nach der langen Zeit der Untätigkeit gut geformt.

Ihre lange Haarpracht hatte ein Frisör verzaubert. Die mittelblonden Haare waren in der Länge ungekürzt, doch eine leichte Volumenwelle und einzelne hellere Strähnen setzten Akzente.

Ihr ebenmäßiges Antlitz dazu zog so manches Männerauge magisch an. Stacy hatte das - im Gegensatz zu Liza - wohl bemerkt. Da sie daran interessiert war, endlich ihrem Traummann zu begegnen, war ihr Lizas Gesellschaft angenehm.

Zwei gutaussehende Frauen fallen zusammen mehr auf - meinte sie.

Nur der einteilige Badeanzug, den Liza trug, gab einmal Anlass zur Kritik. Doch Liza erklärte Stacy, warum sie keinen Bikini trug und zeigte ihr die hässliche Narbe, die sich auf ihrem Bauch befand. Stacy schluckte es ohne weitere Einwände.

Liza und Stacy saßen wie immer am Ende der Schwimmstunden im kleinen Kaffee. Liza nippte verträumt an ihrem Capuccino und sah auf die Tischdecke auf der eine kleine Vase stand, in der Kunstblumen steckten.

Stacys Augen suchten wie immer nur nach einem Mann, der ihren Ansprüchen gerecht wurde. Er sollte so ein durchtrainierter Muskelmensch wie sie selbst sein. Einen Mann mit normaler Figur oder gar einem kleinen Bäuchlein würdigte sie keines Blickes.

Liza war es mit der Zeit gewohnt, dass Stacys Interesse an gewissen Männern weit höher war, als an einer echten Freundschaft mit ihr. Deshalb amüsierte sie sich im Stillen über Stacys fast krampfhafte Partnersuche und hielt sich mit ihrer Meinung darüber zurück. Sie hatte Stacy aus gleichem Grunde nur wenig über sich erzählt, auch weil sie gemerkt hatte, dass solche persönlichen Gespräche ihre Bekannte nicht interessierten.

Das übliche Geschnatter ringsum, die vertraut gewordene Kulisse, wurde abrupt unterbrochen.

»Hey Steven! Was machst du denn heute hier?«

Die kräftige Stimme des Barkeepers riss Liza aus ihrer Nachdenklichkeit. Noch bevor sie nach der Ursache dieser euphorischen Worte schauen konnte, ließ ein gepresstes und sehnsüchtiges »Oh ...« sie zu Stacy blicken. Diese starrte mit riesigen Augen bewegungslos in Richtung Tresen und ihr Mund, dem der Überraschungslaut entschlüpft war, stand halb offen. Es war, als hätte sie irgendetwas erschreckt und ohne ihrem Blick zu folgen und sich von dessen Ursache ein Bild zu machen, fragte Liza:

»Was ist los? Du siehst aus als hättest du ein Gespenst gesehen!«

Stacy wagte nicht, sich zu rühren. Nur ihre Lippen bewegten sich.

»Ganz im Gegenteil, Liza ...«, hauchte sie und schüttelte leicht den Kopf. »Das ist der nur mir gesandte Engel ...«

Liza, die mit dem Rücken zum Tresen gewandt angelehnt in ihrem Stuhl saß, warf einen flüchtigen Blick über ihre Schulter.

»Wo siehst du hier ein Engelein?«, fragte sie laut und schmunzelte leicht. »Ich sehe nur normale Menschen ...«

Stacy funkelte Liza wegen ihrer lautstarken Äußerung böse an.

»Dann guck doch mal richtig hin«, zischte sie ihr zu. »Oder bist du blind wie ein Maulwurf?«

In Stacys Gedanken war Liza jetzt eine dumme Gans, die ihr mit unbedachten Äußerungen ihre vielleicht größte Chance vermasseln könnte. Sie kannte Steven bereits, aber alle bisherigen Versuche ihn für sich zu gewinnen waren gescheitert.

»Nun sei doch nicht gleich beleidigt«, brummelte Liza beruhigend.

»Na ja, dann schrei nicht gleich so laut und sieh mal zum Tresen! Dieser Steven ist doch die reinste Wonne!«, seufzte Stacy.

Liza rieb sich die Nase und räusperte sich.

»Ich sehe nur die männliche Bedienung.«

»Daneben, du bist wirklich blind«, meckerte Stacy.

Liza sah nun genauer hin. Sie sah den Barkeeper und neben ihm stand ein `Rücken`, der nur aus Muskeln bestand. Das Gesicht, das dazu gehörte, sah Liza nicht. Sie zuckte wortlos mit der Schulter, womit sie ihre Gleichgültigkeit ausdrückte. Doch dann legte sie die Hand vor den Mund, um ein Lächeln zu verstecken. Durch die Finger hindurch nuschelte sie zu Stacy:

»Ist das der Typ Mann nachdem du schon ewig suchst?«

Stacy wimmerte: »Oh, ja ..., der ist es.«

Nervös klopfte sie leise auf die Tischdecke.

»Für den würd' ich sogar sterben.«, fügte sie wohl fern ihrer Sinne hinzu.

»Sterben! Du bist wohl völlig verrückt«, empörte Liza sich.

»Weißt du überhaupt was du sagst? Das sagt man nicht so leicht dahin.«

»Lass mich jetzt überlegen. Ich brauch` keine Belehrung von dir, du hast ja keine Ahnung!«, fauchte Stacy sie an.

Liza blickte wieder zum Tresen, denn Stacys Äußerung war nicht grad liebenswürdig und zeigte ihr wieder, dass sie beide von echter Freundschaft weit entfernt waren. Sie beschloss, sich aus der Sache rauszuhalten. Soll Stacy doch machen, was sie will! Wortlos und nachdenklich blickte Liza zum Tresen hinüber und ließ Stacy in ihrer Fahrigkeit allein. Ganz unerwartet schmunzelte der Barkeeper sie an und sofort folgte Stacys Traumtyp seinem Blick. Dieser Engel, Traummann Steven oder welche Bezeichnung Stacy auch finden würde, sah Liza nun direkt ins Gesicht. Liza zwinkerte zweimal und wollte sich dem Blick entziehen, aber sie konnte nicht! Sie spürte, wie sich ihre Verwirrung mit heißen Wangen äußerte. Wie von einem Magneten angezogen, starrten beide einander an. Was war das nur? Was für eine Macht zwang sie sich anzusehen? Plötzlich veränderte sich Stevens Mimik und kleine Fältchen bildeten sich auf seiner Stirn. Grübelte er, wie er sich verhalten sollte, oder was ging in ihm vor?

Liza schaffte es, ihre Augen von ihm zu lösen und senkte den Blick zu Boden. Stevens Augen jedoch klebten sprichwörtlich immer noch an Liza. Sie konnte es nicht sehen, aber sie spürte es genau. Was war passiert? Was war das eben in ihr gewesen? Sie konnte es nicht erklären. Hochrot vor innerlicher Anspannung schielte sie zu Stacy hinüber. Obwohl diese aber noch immer verzückt in Stevens Richtung starrte, hatte sie von all dem anscheinend nichts mitbekommen. Liza bemühte sich nun, nach außen hin gelassen zu wirken. Sie griff nach ihrer Kaffeetasse und befeuchtete ihre schier ausgetrocknete Kehle mit dem bereits kalten Inhalt.

Plötzlich stieß Stacy Liza an. »Du, er kommt auf uns zu - toll!«
Liza verschluckte sich vor Schreck und Stacy starrte Steven mit aufgerissenen Augen an. Der blieb vor ihrem Tisch stehen und fragte: »Kann ich den Damen irgendwie helfen?«
Abwechselnd blickte er von einer zur anderen und griff sich sinnierend durch sein dichtes Haar. Stacy öffnete den Mund, aber stierte Steven nur weiter an. Liza schüttelte den Kopf und winkte ab. Innerlich forderte sie von ihm: »Geh und lass mich zufrieden!« Aber kein Wort kam über ihre Lippen.
Sollte doch Stacy antworten - die war ja schließlich an ihm interessiert. Da wollte sie sich nicht einmischen. Ohne Aufforderung zog Steven einen Stuhl vom Tisch hervor und setzte sich nieder.
»Entschuldigen Sie!«, begann er und richtete diese Worte an Liza. »Wenn ich Sie erschreckt habe, tut es mir Leid. Aber kennen wir uns nicht?«
In Liza war es, als würden Glocken läuten und ängstlich wagte sie einen Blickkontakt zu ihm. Zweifelnd fragte sie:
»Sollten wir uns kennen?«
Nachdenklich rieb Steven sich an der Stirn und musterte Liza unverhohlen.
»Ich bin mir sicher, Sie sind es! Haben Sie beide alles gut überstanden?«, fügte er nach ganz kurzer Pause hinzu.
Lizas Herz klopfte aufgeregt, und anscheinend überhörte sie Stevens Frage. Sie war so aufgeregt, es stieg ihr heiß in die Augen. Sollte sie jemanden gefunden haben ... oder hatte jemand sie gefunden, der sie wirklich wiedererkannte aus ihrem früheren Leben? Sie konnte diese Situation nicht verarbeiten. Was sollte tun? Woher kannte er sie? Würde sie nun endlich erfahren, wer sie war? Aber was sollte die komische Frage, ob sie beide es gut überstanden hätten? Sie beschloss, nicht darauf zu reagieren und abzuwarten, was dieser Typ nun wirklich von ihr wollte.
Steven bemerkte Lizas Verwirrung. Wollte sie ihm nicht antworten, oder wusste sie nicht, wovon er sprach?? Noch einmal wiederholte er seine Frage, doch Liza reagierte nicht so, wie er es erhoffte. Verständnislos schüttelte sie den Kopf und meinte, mit dem Blick zu Stacy: »Wie Sie sehen können, geht es uns gut.« Sie dachte im Stillen: Was sollte das jetzt? Wollte er sie beide anbaggern, da er sich für keine entscheiden konnte? Steven aber merkte, dass sie ihn nicht erkannte und auch keine Ahnung hatte, was er von ihr erfahren wollte. Also wurde er deutlicher.

»Sie hatten vor ungefähr zwei Jahren einen Unfall und ich ...«, begann er und hielt inne, als er Lizas Erstaunen sah. Jetzt wusste Liza genau woran sie war. Dieser Mann wollte nicht einfach mit ihr flirten, er wusste Bescheid!

»Ja, ich hatte einen Unfall ...?«

Stevens Vermutung bestätigte sich; Liza wusste nicht, wer er war. Steven sah, wie es in Lizas Augen glitzerte. Sie war dem Weinen nahe. Was hatte er nur in ihr aufgerüttelt? Sie schien eine sehr empfindsame Seele zu besitzen und er wusste, er musste behutsam mit ihr sein.

»Ich bin ...«, begann er zögerlich. »Ich bin mir ziemlich sicher, dass Sie es waren, die ich vor einiger Zeit aus einem Autowrack zog.«

Liza rollten Tränen über die Wangen und sie schluchzte leise.

»Also waren Sie mein Retter? Doktor Steward hatte mir davon erzählt.«

Steven konnte nicht anders. Er griff nach Lizas Hand, drückte diese fest und meinte:

»Ich hätte nie geglaubt, Sie je wiederzusehen.«

Liza rang sich ein Lächeln ab.

»Ich hatte ja keine Ahnung«, brachte sie heraus und ihr Blick suchte Stacys Augen.

Die jedoch hatte das Gespräch nur mit wachsendem Unmut und Verständnislosigkeit verfolgt und als sie Lizas Blick auf sich gerichtet sah, sprang sie plötzlich auf und fuhr Liza an:

»Ach, so ist das, ihr kennt euch bereits - da könnt ihr euch ja nun über mich totlachen!«

Damit verließ sie den Tisch und steuerte auf den Ausgang zu.

Liza löste ihre Hand aus Stevens und winkend rief sie Stacy nach:

»Stacy, das ist doch ein Missverständnis, lass dir doch erklären ...«

Aber Stacy wollte wohl nichts hören und rauschte zur Tür hinaus.

»Tut mir Leid«, murmelte Liza.

Steven schüttelte mit dem Kopf und fing Lizas Hand wieder.

»Was tut Ihnen Leid?«, fragte er, obgleich er tief im Inneren ahnte, um was es ging.

Liza blickte Stacy traurig hinterher. Doch diese verschwand in den Kabinen ohne sich noch mal umzudrehen. Für die nächsten Sekunden blieb Liza wie erstarrt sitzen. Doch dann wischte sie sich die Tränen von den Wangen. Erst jetzt begann sie all das

Gesagte richtig zu verarbeiten und sie fragte wissensdurstig:

»Sie sind mein Retter? Wer sind Sie, ein Feuerwehrmann? Was habe ich getan? Weshalb kam es zu diesem Unfall? Wieso ...?« Sie hielt plötzlich inne, denn Stevens Blick ruhte mit wachsendem Erstaunen auf ihr. Natürlich - er konnte ja gar nicht antworten, wenn sie ihn so mit Fragen bombardierte. Also versuchte sie eine Erklärung:

»Entschuldigen Sie bitte meine Ungeduld. Aber - Sie sind der erste, der mir etwas über meine Vergangenheit erzählen könnte. Ich weiß gar nichts mehr, denn ich lag fast zwei Jahre im Krankenhaus ohne Bewusstsein. Alles, was mit diesem Unfall zu tun hatte und mein ganzes Leben vorher ist wie ausgelöscht.« Die letzten Worte sprach sie leise und Tränen glitzerten wieder in ihren Augen. Steven war zunächst sprachlos, doch in seinem Kopf purzelten die Gedanken durcheinander. Wenn das so war, wie sie sagte, musste er sehr behutsam vorgehen und anders, als er sich das gedacht hatte.

»Langsam, eins nach dem anderen. Ich kann mir vorstellen, dass es in Ihnen brennt, doch ...«, er hielt inne und sein Blick schweifte durch das kleine Kaffee mit den interessierten und gaffenden Gesichtern der Gäste.

»Wollen wir uns vielleicht anderswo unterhalten?«, fragte er Liza mit einem auffordernden Lächeln im Gesicht.

Liza durchzog ein Frösteln, als ihr bewusst wurde, wo sie sich befanden.

»Wie lange brauchen Sie?«

Steven spreizte beide Hände und Liza nickte.

»Abgemacht, bis gleich.«

Als Liza aus der Dusche kam, sah sie Stacy, die gerade ihre Sporttasche über die Schulter schwang und zum Ausgang steuerte.

»Stacy, warte!« Liza rutschte fast auf dem gefliesten Boden aus, als sie ihr hinterher eilen wollte.

»Was willst du? Mit dir bin ich fertig. Du bist das Allerletzte!«, fauchte Stacy, die Klinke in der Hand haltend.

»Aber Stacy, ich kann dir alles erklären.«

»Da gibt's nichts zu erklären, mit dir hab' ich nichts mehr im Sinn.«

Da Stacy keine Ahnung von Lizas verlorener Vergangenheit hatte, konnte sie sich deren und Stevens Verhalten absolut nicht erklären und war der Meinung, dass Liza sie hintergangen hätte. Liza wurde in diesem Moment mit aller Deutlichkeit bewusst, dass sie beide sich eigentlich gar nicht richtig kannten, ihre Interessen wirklich vollkommen verschieden waren und Stacy an einer ehrlichen Freundschaft mit ihr nichts lag. Weshalb sollte sie um Stacys Zuneigung kämpfen? Es gab nichts, was sich zu kämpfen lohnte. Stacy gab ihr keine Zeit für eine Erklärung, also waren alle Versuche hoffnungslos.

Liza stand stumm, nur mit dem Badetuch um ihren nackten Körper gehüllt und sah zu, wie Stacy die Tür von außen schloss.

»Dann geh' eben«, flüsterte sie und steuerte ihren Kabinenschrank an.

Minuten später und noch mit leicht feuchtem Haar stand Liza in der großen gläsernen Vorhalle und ihre Neugierde begann sie innerlich aufzufressen. Aufgeregt verließ sie die Halle und sah sich um. Sie wusste, dass sie die zehn Minuten überschritten hatte, denn ihr erfolgloses Gespräch mit Stacy hatte etwas Zeit gekostet.

»Hallo!«

Wie aus dem Nichts stand Steven vor ihr.

»Ich hab's nicht ganz in der Zeit geschafft«, entschuldigte sie sich.

»Ich wurde aufgehalten.«

»Ich weiß«, sagte Steven. »Ich habe sie gesehen.«

»Stacy?«

Steven nickte. »Ja, deswegen wartete ich etwas abseits.«

»Sie wollte nicht mit mir reden. Sie ist so ...«

»Ich weiß«, sprach er und griff sich nachdenklich an`s Kinn.

Liza runzelte die Stirn. »Kennen Sie Stacy etwa?«

Steven nickte wieder.

»Ich geh` ihr schon lange aus dem Weg.«

»W... wieso?«, stotterte Liza.

»Dafür hab' ich meine Gründe, aber das gehört doch jetzt nicht hierher, oder?«

»Nein, ich denke nicht«, antwortete Liza verblüfft.

Jetzt fiel ihr Stevens eigenartige Frage wieder ein.

»Entschuldigen Sie bitte, aber was meinten Sie im Schwimmbad damit, als Sie fragten, ob wir beide alles gut überstanden hätten? Ich war doch allein im Unfallauto?«

Steven durchruckte es, doch er konnte sein Erschrecken verbergen. Nachdem, was er eben von Liza erfahren hatte, wollte er auf diese Frage jetzt nicht wahrheitsgemäß antworten. Steven überlegte.

»Ach, das meinen Sie«, winkte er dann ab. »Ich dachte, Stacy sei eine gute Freundin von Ihnen und sie hätte Sie nach dem Unfall hilfreich unterstützt. Aber anscheinend lag ich damit falsch, denn nach Stacys Auftritt vorhin, spürte ich unmissverständlich, dass keine enge Freundschaft zwischen Ihnen besteht.« Liza nickte traurig.

»Da haben Sie wohl Recht. Stacy hat sich wirklich nicht wie eine Freundin verhalten. Naja, irgendwie habe ich schon längere Zeit bemerkt, dass wir nicht ganz zusammenpassen.«

»Wollen wir? Darf ich Sie nach Hause bringen?«, fragte Steven wie selbstverständlich.

»Nach Hause?«, wiederholte Liza zögernd.

Steven spürte Lizas Zweifel und hob unschuldig die Hände vor die Brust.

»Keine Missverständnisse. Ich will nur auf dem Weg dorthin mit Ihnen reden, mehr nicht.«

Liza atmete auf. »Ja, okay, eigentlich fahre ich mit dem Bus, aber wenn wir laufen, haben wir genügend Zeit.«

»Alles klar«, gab Steven freundlich zurück.

Beide gingen nebeneinanderher. Zwanzig Minuten vergingen, niemand verlor ein Wort. Wartete Steven auf Lizas Fragen, oder wartete Liza auf Stevens Anfang? Endlich brach Steven das Schweigen.

»Wie heißen Sie überhaupt?«, fragte er und war selbst verblüfft, dass er erst jetzt danach fragte. Liza blieb stehen, sah Steven jetzt geradewegs in die Augen.

»Liza Hills steht in meinem Pass. Meinen richtigen Namen weiß ich ja nicht.« Jetzt senkte sie den Blick. »Niemand weiß ihn.«

Steven hob die Augenbrauen.

»Unglaublich, wie kann das sein?«

»Niemand suchte mich in den zwei Jahren, die ich im Krankenhaus war. Und auch bis heute fragte keiner nach mir.«

Sie schloss die Augen und atmete tief ein.

»Wie kann das denn sein? Es muss doch irgendjemanden geben der ...«

»Es gibt niemanden«, hakte Liza ein. »Im ersten Moment dachte ich, Sie kennen mich schon aus der Zeit vor dem Unfall, aber ...«

»Nein, ich kam dazu, als ihr Wagen kopfüber im Straßengraben lag«, erklärte Steven und irgendwie war er traurig, Liza nur diese Antwort geben zu können.

»Sie sind mein Retter in der Not und dafür muss ich Ihnen

danken«, besann sich Liza und reichte Steven die Hand entgegen.

»Keine Ursache, hab` ich gern getan«, meinte Steven und drükkte Lizas Hand. »Leider weiß ich nichts von Ihnen, was ihr Leben vor dem Unfall betrifft.«

»Hab´ schon verstanden.« Liza blickte auf.

»Dort wohne ich.« Sie zeigte auf ein Haus ganz am Ende der Straße.

»Ich bringe Sie ...«

»Ich schaffe das schon«, unterbrach Liza ihn und wollte ihn abwimmeln.

»Den Rest können wir doch auch noch«, meinte Steven und zog Liza einfach mit sich fort. Sie hatte keine Chance sich aus seiner Hand zu lösen und ließ sich von ihm fortziehen.

»Danke!«, meinte Liza barsch, als sie ihr Ziel erreicht hatten.

»Gern geschehen.«

Steven gab ihre Hand frei und sein Blick fiel auf das Schild, welches neben der Eingangstür angebracht war.

Psychologe Dr. G. H. Miller.

»Na dann.« Liza griff zur Klinke.

»Es war sehr nett von Ihnen, aber ...«

»Aber was? Sie wollen mich einfach so stehenlassen?«, jammerte Steven.

»Ja!«, nickte Liza.

»Wann werd` ich Sie wiedersehen?«

Überrascht über diese Worte sah sie ihn an.

»Wieso?« Sie fragte sich: Er hat mich gerettet und ich habe ihm gedankt. Sollte ich ihm aus Dankbarkeit noch einen Wunsch erfüllen?

Da Steven auf ihr »Wieso« noch nicht geantwortet hatte, wiederholte sie es nochmals.

»Weil Sie traurig sind und ich ...«, stammelte Steven nun.

Liza musterte ihn genau. War er es vielleicht nicht gewohnt, dass ein Mädchen ihn einfach so stehenließ?, dachte sie im Stillen.

Liza konnte nicht anders und sie lächelte.

Steven entwich ein tiefer Seufzer.

»Ich, ich weiß nicht. Sie sind so anders.«

Liza nahm das als Bestätigung ihrer Gedanken hin. Hatte es so etwas noch nie in seinem Leben gegeben? Kränkte sie ihn in seiner Ehre, da sie ihn wegschicken wollte? Sicherlich standen die Mädchen nach ihm Schlange und flehten und beteten ihn an um ein DATE. Sie aber dachte nicht daran, sich ihm aufzudrängen. Sein Aussehen, das andere jungen Frauen sich nach ihm verzehren ließ – was Stacy ja schon eindrucksvoll vorgeführt hatte - beeindruckte Liza kaum. Sie hatte auch die neidischen Blicke der Mädchen gesehen, die ihnen auf dem Weg von der Schwimmhalle hierher begegnet waren. Liza war aber der Meinung, dass sich diese Blicke nur auf Steven bezogen, denn sie selber war sich ihres guten Aussehens nicht bewusst. Dabei waren sie beide, so wie sie nun gemeinsam vor der Haustür standen, für andere Augen ein bildschönes Paar. Liza aber stellte sich Steven nur in Begleitung von stark geschminkten und modisch durchgestylten Frauen mit Modellmaßen vor. Sie sah doch sicher für Stevens Geschmack viel zu natürlich aus. Warum also baggerte er augenscheinlich an ihr herum? Was sollte sie nun glauben? Bestand seinerseits vielleicht ein wahres Interesse an ihr oder war er nur in seinem Ego getroffen worden?

»Sie wollen mich also wiedersehen?«, fragte Liza mutig.

Steven nickte verträumt, denn er konnte seine Augen nicht von ihr lösen.

»Hm«, meinte Liza.

Besonnen sagte Steven: »Wir wollten doch miteinander reden.«

»Aber das haben wir ...«

»Das war doch nicht das ...«, begann er und Liza vollendete,

»... was Sie eigentlich von mir wollten?«

Schockiert sah Steven sie an und Liza bereute ihre Äußerung sofort. Sein jetzt trauriger Blick sagte ihr, dass sie wohl zu vorschnell über ihn geurteilt hatte. Warum war sie so abweisend? Schließlich war er es doch, der sie ohne Rücksicht auf sein Leben aus dem Unfallauto geborgen hatte.

Ohne weiter darüber nachzudenken meinte sie kurzerhand:

»Wie ich mich für meine Rettung bei Ihnen angemessen bedanken kann, weiß ich nicht, denn ich bin, wie Sie sich denken können, mittellos ...«

»Ich erwarte doch keine Geschenke von Ihnen«, empörte sich Steven. Beruhigend legte Liza ihre Hand auf seinen Arm.

»Nein, aber Sie können ja noch kurz mit hochkommen und eine Tasse Kaffee mit mir trinken.«

Gleich nach diesen Worten durchruckte es sie stark. Was hatte sie getan? Das klang wie ein Angebot ... Liza konnte nicht mehr zurück, obgleich die Zweifel in ihr wuchsen.

Zögernd folgte Steven Liza ins Haus, aber kein Wort kam über seine Lippen.

Minuten später saßen Liza und Steven am Küchentisch und nippten an ihren Kaffeetassen.

Liza hatte Steven nur bis in ihre Küche gelotst. Aber sie hatte bemerkt, dass er auch das Wohnzimmer durch die geöffnete Tür inspizierte. Auf dem Wohnzimmertisch und auf dem Fußboden lagen breit verstreut unzählige Zeitungsartikel und Schreibbögen, die jedermann unweigerlich darauf schließen ließ, dass Liza einen Job suchte.

»Erzählen Sie mir bitte doch ganz genau, was Sie vom Unfall wissen, ich meine, als Sie mich retteten!«

Steven verhielt sich in ihren Augen anständig und sie wollte ihm das geben, was er allem Anschein nach wirklich nur wollte – reden! Liza blickte Steven nun erwartungsvoll an. Steven nahm einen großen Schluck aus seiner Kaffeetasse.

»Also, ich sah einen Wagen ...«

»Fangen Sie bitte weiter von vorher an! Ich muss es genauer wissen«, unterbrach Liza ihn sofort.

»Von wo ...?« Er zuckte mit der Schulter. »Wo soll ich denn anfangen?«

»Jahreszeit, Tag, Uhrzeit ... schien die Sonne oder regnete es?«, erklärte Liza nervös.

»Mm ..., na gut. Ich glaube, ... nein ich weiß, es war an einem Montagnachmittag. Die Sonne schien auch und es war mitten im Sommer. Ich hatte die Sonne von vorn und sie blendete mich.« Steven hielt inne und beide hatten plötzlich den gleichen Gedanken. Sie sahen einander nachdenklich an. Sollte die blendende Sonne vielleicht Grund für den Unfall gewesen sein?

»Weiter!«, bat Liza.

»Was noch?«, fragte sich Steven und rieb sich an der Stirn.

»Ich fuhr im schnellen Tempo die Straße entlang, und da sah ich einen Wagen im Straßengraben. Ich eilte hin und sah Sie am Steuer. Sie waren nicht ansprechbar. Ich zog Sie heraus, Sie waren hinter dem Lenkrad eingeklemmt, aber das war kein großes Problem. Als wir uns einige Meter entfernt hatten, gab es ein mächtiges Feuerwerk. Fahrzeugteile flogen durch die Luft ...« Er hielt kurz inne und schloss die Augen. Liza vermutete, er stellte sich die Explosion des Wagens noch einmal vor und sie hatte recht gedacht. Aber da war noch etwas Anderes, was Steven sah und nicht erwähnte! Steven schwieg.

»Und dann?«, wollte Liza wissen.

»Dann hörte ich schon die Einsatzwagen. Irgendjemand hatte Hilfe angefordert. Dem Notarzt folgte die Feuerwehr. Es war mir unbegreiflich. Ich war sofort zu Ihnen geeilt. Mein Handy lag im Wagen.«

»Wer hatte dann den Notruf gewählt?«, fragte Liza leicht schockiert. Steven zuckte mit der Schulter.

»Ich habe niemanden außer Sie gesehen. Sicher war das ein anderer Fahrer, der vorbeigefahren war und aus irgendwelchen Gründen nicht anhalten und helfen wollte oder konnte.«

Leise flüsterte Liza:

»Vielleicht war es so ...«, und sie dachte insgeheim, ... vielleicht war es auch ganz anders!

»Wie auch immer, wir werden es nie erfahren. Wichtig ist, dass Sie unbeschadet sind.« Steven gab Liza ein Lächeln.

»Ja, Sie haben Recht, aber was ist das für ein Leben in Ungewissheit und ohne Vergangenheit?«

»Geben Sie die Hoffnung nicht auf! Irgendwann werden auch Sie eine Vergangenheit haben.«

Dankend sah Liza ihn an.

»Sie sind so nett.« In diesem Moment verspürte sie den Drang, diesen Steven zu umarmen, denn sie sehnte sich nach einer gefühlvollen Geste, in der sie ihre Emotionen zum Ausdruck bringen könnte. Aber sie blieb auf ihrem Stuhl sitzen und nur ein paar Tränen zeigten ihre momentanen Gefühle.

»Nicht weinen, dafür bist du zu hübsch«, kam unüberlegt über Stevens Lippen. Liza tat nicht überrascht, denn genau diese Zuwendung und wenn es nur das Du ihres Gegenübers war, hatte sie jetzt gebraucht.

Zufrieden lächelte Steven. Dann verabschiedete er sich. Er ließ Liza zwar nicht gern allein, aber sie hatte ihn darum gebeten. Liza brauchte jetzt ihre Ruhe. Beide verabredeten sich für den übernächsten Donnerstag im Schwimmbad. Liza würde vorläufig den Mittwoch meiden, weil sie Stacy nicht gleich wieder begegnen wollte.

Die Tage zogen sich in die Länge, und Liza träumte in den Nächten von Steven. Immer wenn sie sich einander näherkamen, erwachte sie. Dann ärgerte sie sich, denn sie empfand seine Nähe als sehr angenehm. Hatte sie sich etwa in ihn verliebt? Sie sträubte sich gegen dieses Gefühl und doch empfand sie es als wunderschön. Wenn sie aber an Doktor Miller dachte, kam Wehmut auf. Er hatte ihre Sehnsucht nach Liebe nicht beachtet, zeigte ihr gegenüber nur wenig seine Gefühle. Aber vielleicht änderte sich das ja noch? Sie war hin - und hergerissen. Würde sie Doktor Miller ganz verlieren, wenn sie sich Steven zuwandte? Steven war der Mädchenschwarm schlechthin, aber würde er es ehrlich mit ihr meinen? Sie wusste es nicht und somit wurden die folgenden Tage für sie fast unerträglich ...

Steven ging Lizas Schicksal nicht mehr aus dem Kopf. Ihm war aber noch nicht klar, warum sie auf seine Frage nicht geantwortet hatte. DAS musste ihr doch auf irgendeine Art und Weise mitgeteilt worden sein. Oder hatte er sich so sehr getäuscht? Er zweifelte an seiner Wahrnehmung, die Liza betraf, als er sie damals aus dem verunglückten Auto zog. Aber nein, nur ein Blinder hätte das übersehen können. Wusste sie wirklich nichts davon? Hatte man sie schonen wollen, weil sie einen Verlust nicht gleich verkraftet hätte? Bei diesem Gedanken wurde ihm ganz kalt. Aber jetzt, nach den vielen Monaten ihres Erwachens müsste sie doch diese Wahrheit erfahren.

Einen Tag lang quälten ihn diese Gedanken, doch konnte er Liza einfach darauf ansprechen? Welche Emotionen würde er dann in ihr auslösen? Sie war ja wegen all ihrer Probleme in psychologischer Behandlung, immerhin lebte sie im Haus eines solchen Arztes. Weshalb sie dort gleich wohnte, war ihm ein Rätsel. Sollte dieser Doktor Miller etwa mehr für sie sein, als ihr behandelnder Arzt?

Am nächsten Tag hatte sich Steven überlegt, wie er sich, ohne Liza befragen zu müssen, Klarheit verschaffen könnte. Liza hatte den Namen Doktor Steward erwähnt und Steven sah darin seine Chance.

Am Freitagnachmittag klopfte es an Doktor Stewards Tür. Irgendwie hatte es Steven, durch seinen angewandten Scharm geschafft, die jungen Schwestern, die ihn zuvor mit allen Mitteln abwimmeln wollten, zu überlisten und sich einen Weg zu Doktor Steward gebahnt.

Verblüfft sah er Doktor Steward ins Gesicht, nachdem sie ihn persönlich in ihr Büro bat. Sie war vom Personal längst informiert worden, dass ein äußerst attraktiver junger Mann sie unbedingt sprechen wollte.

»Sie sind Doktor Steward?«, fragte Steven sehr erstaunt.

Die Ärztin lächelte:

»Guten Tag, Mister ...?« Sie zog die Brauen hoch. Und da ihr Gruß unerwidert blieb, meinte sie:

»Ja, ich bin die Chefärztin dieser Abteilung und Sie sind ...?«

Steven musste sich erst sammeln, denn er hatte einen Mann vermutet, mit dem er über sein Problem sprechen wollte.

»Entschuldigen Sie bitte, ich bin Steven Carrey und ich hatte einen ...« Er stockte. Doktor Steward war diese Szenen gewohnt und reagierte dementsprechend locker. Gelassen bot sie ihm den Platz vor ihrem Schreibtisch an und setzte sich vis -a´- vis nieder.

»Sie hatten einen männlichen Arzt erwartet, Mister Carrey, aber ich bin nun mal eine Frau.«

Steven nickte nur leicht verlegen. Doktor Steward setzte absichtlich ihre Brille auf die Nase, was ihr einen ausgesprochenen Ausdruck von Intellekt gab. Genau das war ihre Absicht und Steven zog die Stirn kraus.

»Ja, ich bin etwas überrascht, aber auch wenn Sie ein Mann wären, würde ich womöglich mit ebensolcher Beklommenheit hier sitzen.«

Die Ärztin sah Steven herausfordernd an.

»Ich unterliege der Schweigepflicht, Mister Carrey. Womit kann ich Ihnen helfen?«

Das bedeutsame Wort `Schweigepflicht` nahm Steven seine Fahrigkeit und der Kloß im Hals löste sich.

»Ich habe vor über zwei Jahren Miss Hills aus einem Unfallauto gerettet und ich ...«

»Sie haben Miss Hills das Leben gerettet!?«, unterbrach Doktor Steward ihn und sie griff sich nervös ins Haar.

»Ja, ich war wohl der Erste am Unfallort, obgleich ich nicht ...«

»Aber weshalb haben Sie sich denn nicht hier gemeldet?«, unterbrach sie ihn wieder.

Steven war genervt und hatte dadurch Mut gefasst. Er erhob nun seine Stimme:

»Bitte lassen Sie mich aussprechen, Doktor Steward! Dann kann ich Ihnen vielleicht alles erzählen!«

Die Ärztin nahm wohl resignierend die Brille von der Nase und nickte nur stumm. Erleichtert über diese Geste, die ihm jetzt das Wort gestatten würde, holte Steven tief Luft und begann von vorn:

»Ich habe Miss Hills aus dem Unfallauto gezogen, das dann gleich danach explodierte. Sie wurde in die Notfallstation gebracht und ich hatte es versucht, mich über ihren Zustand zu erkundigen, doch ich erhielt weder Auskunft noch durfte ich darauf hoffen, sie besuchen zu können. Das zuständige Personal interessierte nur mein Verwandtschaftsgrad zur Verunglückten. Ich war kein Verwandter und hätte dadurch kein Recht auf etwaige Informationen. Einer sehr jungen Schwester – anscheinend war sie noch eine Praktikantin - tat ich wohl Leid und sie nahm mich zur Seite. Sicherlich verletzte sie gegen eine wichtige Regel ... Bitte! Ich möchte nicht, dass sie doch Ärger bekommt - auch nach dieser langen Zeit ist das ein Verstoß – aber sie öffnete mir die Augen, denn sie erwähnte nur ganz kurz, dass ein weiteres Drängen meinerseits kein Erfolg haben würde, da die Patientin nach einer lebensrettenden Operation nicht mehr erwacht war und nun im Koma läge. Ich war sehr dankbar für diese Information. Ich war aber auch deprimiert, denn ich war hilflos. Wie sollte ich mich verhalten? Mich interessierte doch so sehr, ob es ihr und dem Kind gut ginge, oder ob alles ausweglos war.«

Jetzt unterbrach Doktor Steward ihr dem Zuhören gewidmetes Schweigen und schreckte wörtlich auf:

»Welches Kind? Von welchem Kind reden Sie da? Wie kommen Sie darauf, dass noch ein Kind im Unfallwagen war? Mir ist nichts dergleichen bekannt. Reden Sie!«

Steven ließ diese Fragen auf sich wirken und er kam zur Erkenntnis, dass hier wohl nicht alles mit rechten Dingen zugegangen war. Aber weswegen wusste die Ärztin nichts? Oder wollte sie ihn testen, ob er wirklich Lizas Retter war? Vielleicht aber hatte sie wahrlich keine Ahnung! Das würde Steven wohl noch herausfinden.

Obgleich es nicht in die angespannte Situation passte, musste Steven jetzt schmunzeln und diese Mimik löste in Doktor Steward einen Wirbelsturm der Gefühle aus. Sie warf sich in ihren Drehstuhl zurück und pustete die verbrauchte Luft aus ihren Lungen, in völliger Erwartung auf Erklärung.

Steven blieb ganz ruhig und er erklärte:

»Das Kind saß nicht auf dem Beifahrer - oder Rücksitz, es befand sich noch unter dem Herzen seiner Mutter, in ihrem Leib!«

Doktor Steward stand auf und fragte:

»Wie kommen Sie darauf, dass Miss Hills schwanger war?«

Doch sofort durchströmten sie einige Gedanken. Sie erinnerte sich, wie sie Zweifel überkamen, als sie Lizas Narbe zum ersten Mal begutachtete. Und dann erinnerte sie sich an das eigenartige Telefonat mit Doktor Mc Lane. Im Stillen hatte sie sich gefragt, was an Lizas Fall nicht stimmte. Das Blut war nicht auf eine Schwangerschaft untersucht worden. Eine Notoperation war in jedem Fall nötig. Doktor Mc Lane hätte später noch Eintragungen über Befunde dokumentieren müssen, wenn er während der Operation eine Schwangerschaft festgestellt hätte.

Wo war aber dann das Baby? Vielleicht hatte er es nicht retten können. Das Leben der Patientin hat Vorrang und wenn das Kind nicht lebend zur Welt kam, hätte ihn niemand deshalb anklagen können, wenn alles Menschen mögliche unternommen worden wäre. Hatte Mc Lane vielleicht einen Fehler gemacht, den er vertuschen wollte? Immerhin stand er kurz vor seiner Pensionierung und konnte sich solch einen negativen Zwischenfall nicht leisten. Lizas Narbe war viel zu groß und zog sich lang. Aber was sollte Doktor Steward dagegen unternehmen? Grundlos konnte sie das Gutachten ihres Vorgängers Doktor Mc Lane nicht anzweifeln.

Steven sah, wie Doktor Steward überlegte. Wusste sie vielleicht doch mehr, als sie ihm verriet? Als er sah, wie sich die Ärztin wortlos zum Aktenschrank begab, verbesserte er sie:

»Miss Hills war nicht nur schwanger, sie war hochschwanger, Doktor Steward!«

Die Ärztin reagierte nicht sofort, denn sie war in ihre Gedanken vertieft. Erst als sie Lizas Akte auf den Schreibtisch gelegt und diese geöffnet hatte, meinte sie:

»Das ist unglaublich, was Sie mir da erzählen.«

Wieder mit der Brille auf der Nase, las sie laut ein Fremdwort:

»Splenektomie«

Sie sah Steven ins Gesicht.

»Das bedeutet, dass man jemandem, durch einen operativen Eingriff, die Milz entfernte. Es lag eine, durch starkes, stumpfes Bauchtrauma verursachte, Organzertrümmerung vor. Was anderes steht hier nicht, Mister Carrey! Wie hätte ich darauf kommen sollen, dass da etwas nicht stimmte?«

Insgeheim fragte sie sich, was sie jetzt wohl unternehmen sollte? Wie sollte sie diesen jungen Mann beruhigen und ihm erklären, dass sie nichts beweisen konnte vom dem, was er hier behauptete.

In Steven wuchs ein schrecklicher Verdacht zur Gewissheit. Das machte ihn unheimlich wütend.

»Eine entfernte Milz nennt man das also«, brachte er mühsam beherrscht hervor. »Ich denke, dass Sie sich für das, was in dieser Akte gelogen wurde, verantworten müssen!«

Doktor Steward zog die Stirn kraus.

»Ich? Ich habe das nicht geschrieben!«

Sie setzte sich, denn nun bemerkte sie ihren Fehler, den sie gleich am Anfang beseitigen hätte müssen.

»Mister Carrey, ich glaube, ich muss Ihnen erst einmal was erklären. Ich weiß nicht, was ich dazu sagen soll, denn ich bin erst seit knapp zwei Jahren hier die Chefärztin. Liza Hills lag bereits einige Wochen im Koma, als ich die Stellung antrat. Was vor meiner Zeit hier passiert ist, weiß ich nicht. Ich kann mich nur auf die Unterlagen berufen.«

Steven war sehr überrascht. Hatte er womöglich dieser Ärztin Unrecht angetan, indem er sie verdächtigte, ihm etwas zu verschweigen?

»Was wollen Sie nun unternehmen, Doktor Steward?«, fragte Steven testend. Denn nur, wenn sie sich für die Aufklärung des Falles einsetzen würde, könnte er den Verdacht der Mittäterschaft ausräumen.

»Ohne eindeutige Beweise, Mister Carrey, kann ich das ärztliche Gutachten meines Vorgängers Dr. Mc Lane nicht anfechten.«

»Soll das etwas heißen, dass Sie mir nicht glauben?«, meinte Steven laut.

»Ich weiß nicht, was ich glauben kann und darf. Es ist nichts gegen Sie, aber ohne Beweise ...?«

Nun stand Steven auf und ging zum Fenster. Mit dem Blick nach draußen begann er:

»Irgendwie verstehe ich Sie auch, aber anhand einer Untersuchung würde man doch sicher feststellen können, ob Liza schwanger gewesen war!?«

Jetzt erhob sich auch die Ärztin aus dem Schreibtischstuhl und stellte sich neben Steven.

»Selbstverständlich werde ich solch eine gynäkologische Untersuchung durchführen lassen - ganz diskret, versteht sich - aber ich muss ...«

»Wenn dabei festgestellt wird, dass Liza schwanger war, haben wir doch einen Beweis!«, hakte er, sie damit unterbrechend, ein.

»Nein, das ist schwieriger, als Sie vielleicht vermuten, Mister Carrey!«

Steven zuckte mit der Schulter.

»Wieso, reicht das nicht? Ich bin mir sicher.«

Doktor Steward schüttelte den Kopf und erklärte:

»Immerhin war Miss Hills neunzehn Jahre alt, als der Unfall passierte. Sie hätte also, rein biologisch, auch schon früher einmal schwanger gewesen sein können. Vielleicht hatte sie sich für die Mutterschaft zu jung gefühlt und das Kind zur Adoption freigegeben? Es könnte aber auch eine frühere Totgeburt gegeben haben. Und da wir und sie selbst, ihren richtigen Namen nicht wissen, könnten nicht einmal Nachforschungen unternommen werden, wo und wie sie das Kind zur Welt brachte.«

Steven riss die Augen auf. Darüber hatte er gar nicht nachgedacht. Alles hing also davon ab, ob Liza ihr Gedächtnis wiedererlangte. Sie wüsste dann, wer sie wirklich war und was mit ihrem Kind geschah und ihm würde man endlich Glauben schenken. Es würde also nicht so einfach sein, wie es sich Steven erhofft hatte, bevor er Doktor Steward hier aufsuchte.

Abschließend einigten sich Steven und die Ärztin erst einmal anhand einer Untersuchung herauszufinden, ob in Lizas Leib jemals ein Fötus heranwuchs. Entgegen Steven, hatte Doktor Steward noch etwas Zweifel an der ganzen Sache. Sie hegte nur einige Bedenken, da sie Lizas großen Schnitt, der für die Entfernung der Milz angesetzt wurde, für etwas mysteriös hielt. Ihre Approbation stand auf dem Spiel. Sie benötigte klare Fakten, damit sie Stevens Behauptung Glauben schenken konnte. Steven erfuhr noch von ihr, weshalb Liza im Haus von Doktor Miller wohnte. Dieser war nicht nur ihr behandelnder Arzt, der sie therapierte, um Lizas Vergangenheit aufzudecken. Er war für Liza ein guter Freund geworden, der sich ihrer freundlichst annahm. Da sie nicht wusste, wohin sie nach dem langen Krankenhausaufenthalt sollte, und ihr die Behörden das Leben erschwerten, hatte er ihr die kleine Wohnung im Dachgeschoss seines Hauses angeboten. Steven nahm das mit leicht gerümpfter Nase auf, denn er hatte sich in Liza vernarrt und er hoffte inständig, Doktor Miller würde es bei einer guten Freundschaft zu Liza belassen. Außerdem verstieße der Arzt gegen eine wichtige Vorschrift, wenn er mehr von Liza erwartete - sie war seine Patientin!

Doktor Steward und Steven einigten sich, niemanden - auch nicht Lizas Psychologen - in die ganze Sache einzuweihen. Solange noch keine handfesten Beweise vorlagen, wollten sie anderen gegenüber tiefes Stillschweigen bewahren!

Am Mittwochmorgen sprang Liza aus dem Bett. Nur noch einen Tag würde es dauern und sie würde Steven wiedersehen. Gegen Mittag folgte sie ihrem starken Bedürfnis und schlüpfte in ihren neuen Badeanzug. Diesen hatte sie sich gekauft, um wirklich hübsch vor Steven treten zu können. Goldgelb war dieses kleine Stück Stoff, und obgleich es die Narbe auf ihrem Bauch verdeckte, zeigte es viel von Lizas glatter zarter Haut. Wie eine Gazelle tanzte Liza damit bekleidet durch ihr Wohnzimmer. Es störte sie nicht, dass auf dem Boden noch immer die ausgebreiteten Zeitungen lagen in denen sie täglich blätterte. Sie fühlte sich hübsch und nur das zählte.

Für einen kurzen Moment dachte sie an Stacy und grübelte, ob diese heute vielleicht im Schwimmbad auf sie warten würde. Vielleicht hatte sie sich beruhigt und würde sich von ihr alles erklären lassen. Liza hatte keine Ahnung, wie sie sich verhalten sollte. Nachdenklich begann sie, den Badeanzug vom Körper zu streifen. Die Gedanken an Stacy hatten ihr den Spaß geraubt. Als sie die Träger die Schulter hinabrollte, streifte ihr Blick den Spiegel. Sie betrachtete sich genau. Prüfend begutachtete sie ihren Körper. Ihre Brüste waren mittelgroß und fest wie kleine Äpfel, die Beine lang und gut geformt. Der Bauch war flach, nur die Narbe darauf störte das schöne Bild. Sie ärgerte sich und drehte sich um. Nun sah sie sich von hinten und berührte ihren Po. Sie hatte eine makellose Haut, ohne Unreinheiten oder Sommersprossen. Auch ohne Sonne war sie kein blasses Huhn. Ihr Teint verlieh ihrem gesamten Erscheinungsbild einen erotisierenden Hauch. Nur die blöde Narbe störte. Sie nahm sich vor, diese niemandem mehr zu zeigen.

Bislang wussten nur Doktor Steward und Stacy wie sie aussah. Aber was wäre wenn ...?

Ein leises Klopfen riss sie aus ihren Gedanken. Liza erschrak. Wer war das? Sie stand noch völlig unbekleidet vor dem Spiegel. »Doktor Miller!«, schoss es ihr durch den Kopf. Wollte er sie wieder überreden in seine Praxis zu kommen? Liza huschte schnell durch das Wohnzimmer ins Bad. Schnell spritzte sie sich Wasser ins Gesicht und streifte ihren Bademantel über. »Was will Doktor Miller ausgerechnet jetzt von mir?«, murmelte sie und öffnete die Tür.

»Steven!« Liza musste laut schlucken. »Wie kommst du ...?«

»Die Reinigungskraft von Doktor Miller ließ mich rein. Ich ..., ich ...«, stotterte er jetzt, als er Liza in ihrem Aufzug sah. »Ich wollte dich nicht stören.«

»Du ..., du störst nicht.«

Sekundenlang verharrten sie wie in eine Starre versetzt.

»Komm ..., komm doch rein!«. Liza zog den Kragen ihres Bademantels höher und sah Steven verlegen an.

»Wir waren doch für morgen ...?«, begann sie und hielt inne, denn Steven hielt ihr einen Strauß gelber Nelken unter die Nase.

»Ich weiß, aber ich wollte, ich konnte nicht länger warten«, gestand er und griente.

Liza errötete ungewollt. In ihr kribbelte es und mit einem leichten Beben in der Stimme nahm sie die Blumen und roch an ihnen. »Das ist aber nett, Steven.«
Ihr war, als hätte sie noch nie im Leben Blumen überreicht bekommen. Sicherlich war das nicht das erste Mal, aber für sie war es doch so.
»Lässt du mich rein?« Steven zog die Brauen hoch.
»Na ..., natürlich. Tut mir Leid, aber ich bin doch etwas überrascht.« Diese Worte waren überflüssig, denn Steven hatte es längst bemerkt.
»Hast du was vor heute?«
Steven musterte sie in ihrer Aufmachung.
Liza stellte die Blumen in eine Vase. Sie überlegte, was sie darauf antworten sollte, denn unmöglich konnte sie ihm gestehen, dass sie heute daran gedacht hatte, Stacy im Schwimmbad anzutreffen. Endlich antwortete sie und sie log:
»Ich hatte nichts Besonderes vor.«
Steven bemerkte die Ausrede, denn Lizas Gesichtzüge verrieten sie genau. An Stacy hatte er dabei nicht gedacht, aber vielleicht wollte sie sich für ein Bewerbungsgespräch zurechtmachen. Im Wohnzimmer lagen doch all die Zeitungen noch, dass hatte er gleich bemerkt.
»Bist du irgendwie weitergekommen mit deinen Nachforschungen?«, fragte er nun und wollte damit auf die Zeitungen hindeuten. Seine Vermutung, dass sie auf Jobsuche sei, wollte er nicht äußern.
»Nachforschungen?«, wiederholte Liza skeptisch, verstand dann aber, weshalb er sie das fragte.
»Nein, bin ich nicht, ich weiß nichts Neues.«
Sie sah an sich herab.
»Darf ich mich schnell ankleiden? Bin gleich wieder da.«
Sie verschwand ohne eine Antwort abzuwarten.
Als Liza wieder vor ihm stand, griff sie mutig nach seiner Hand.
»Komm ..., lass uns spazieren gehen!«
Verblüfft sah Steven sie an.
»Können wir machen, ich kenne auch ein nettes Cafe`.«
Mehr konnte er jetzt nicht sagen. Sein Herz klopfte bis hoch in den Hals.

Nachdem sich Liza auf Anweisung von Doktor Steward einer routinemäßigen Untersuchung unterzog, wurde Stevens Vermutung bestätigt.

Selbstverständlich konnte man bei Liza keinen erhöhten Proges-
teronspiegel und das Schwangerschaftshormon Beta HCG fest-
stellen, denn zum jetzigen Zeitpunkt war sie nicht schwanger.
Aber die Gynäkologin stellte bei Liza geringfügige vernarbte
Verletzungen im Genitalbereich fest, welche nur durch eine
Geburt hervorgerufen werden können. Außerdem war Lizas
Narbe auf dem Bauch untypisch groß und die Ärztin stellte eine
vorsichtige Vermutung auf.

Unter besonderen Umständen und mit der Vorraussetzung einer
präzisen chirurgischen Genauigkeit könnte es auch möglich gewesen sein, dass ein Kind durch die geöffnete Bauchdecke entnommen wurde. Das wäre dann ein Präzedenzfall, denn so etwas
war noch niemals zuvor bekannt.

Doktor Steward hatte die Gynäkologin zuvor nach dieser Möglichkeit gefragt und sie hatte ihre Antwort bekommen, doch die
Frauenärztin bat sie um Stillschweigen. Ihre Vermutung konnte
sie nicht beweisen. Doktor Steward gab ihr das Versprechen,
doch nun wusste sie nicht mehr was sie glauben sollte. Hatte Liza
das Baby nun auf natürliche Weise bekommen oder wurde es aus
dem Bauchraum geholt? Es gab zwei Anhaltspunkte. Was
stimmte nun? Was sollte sie Steven nun sagen? Sie hielt ihr
Versprechen und bestätigte nur Stevens Vermutung, dass Liza
schwanger gewesen war.

Steven fühlte sich erleichtert, obgleich sie damit erst vor dem Anfang standen. Jetzt musste bewiesen werden, dass Mc Lane aus
irgendeinem Grunde diese Geburt in Lizas Akte ungeschehen gemacht hatte. Steven war voller Hoffnung, doch Doktor Steward
zeigte das Gegenteil, denn es war nicht überprüfbar, wann, wo
und wie Liza jemals ein Kind geboren hatte. Selbst vor Gericht
hätten sie auch mit diesem Befund keine Aussicht auf Erfolg. Es
fehlte der eindeutige Beweis, dass Liza zum Zeitpunkt des Unfalls
wirklich schwanger gewesen war. Ohne Lizas richtigen Namen zu
kennen, konnte Doktor Steward keine Nachforschung anstellen.
Auch wenn sie alle Krankenhäuser der Welt um Auskunft bitten
würde - nur mit Lizas persönlicher Beschreibung: Größe,
Gewicht, blond und hübsch - war die Prognose erfolglos! Aber
was Doktor Steward dann erwähnte, schockierte Steven letztendlich sehr. Es war unglaublich, aber die Ärztin hatte auch
daran gedacht. Steven wäre niemals in seinen Gedanken bis
dahin gegangen - aber die Ärztin hatte Recht! Nicht im Ent-
ferntesten wäre Steven darauf gekommen, dass seine Behauptung
eventuell auch Konsequenzen für Liza heraufbeschwören würde.

Würde Liza irgendwann, durch einen Zufall, ihren richtigen Namen erfahren, ohne dabei ihr Gedächtnis wiederzuerlangen, müsste sie womöglich selbst den Beweis für den Verbleib des Kindes, das irgendwann unter ihrem Herzen wuchs, vorlegen. In einem gerichtlichen Verfahren, in dem man Mc Lane vielleicht der Korruption anklagte, hätte Liza schlechte Karten. Würde man, wenn Lizas richtiger Name bekannt wäre, keine Anhaltspunkte finden, die jemals auf eine Schwangerschaft hindeuten, wie - ärztliche Befunde, Vorsorgemaßnahmen, die Geburt oder Adoptionspapiere, wäre für Liza ein Weg durch die Hölle prognostiziert.

Behauptungen und der Verdacht der Kindstötung könnten die Folge sein. Ein guter Anwalt würde seinen Mandanten Mc Lane, der ihn hoch bezahlte, gern von seinen Kenntnissen überzeugen und alles daran setzen den Kampf zu gewinnen. Liza hätte keine Chance!

Nach dieser Erklärung überkam Steven die totale Hilflosigkeit und er wusste nicht, ob er diesen Gemütszustand vor Liza sicher verbergen könnte. Doktor Steward machte Steven etwas Mut. Da Liza in Doktor Millers psychologischer Betreuung war, wäre es sicherlich irgendwann möglich, tiefer in ihre Vergangenheit zu dringen, und wie lange es auch dauerte, sie mussten einfach warten.

Liza und Steven trafen sich nun fast täglich. Meistens gingen sie in den Park oder genossen ein Eis, während sie lange Spaziergänge unternahmen. Steven blieb brav, obgleich er es nicht gewohnt war, mit einem Mädchen nur umherzuspazieren. Aber bei Liza war das alles anders. Er wollte sich zurückhalten, denn er hatte Angst sie durch unangemessene Aufdringlichkeit zu verlieren. Ihre zuvor abweisende Haltung hatte sich in sein Gedächtnis verankert und er würde nun auf ein Zeichen ihrerseits warten. Steven wollte ihr helfen, ihre Vergangenheit zu finden. Obgleich es tief in ihm brannte, gab er nichts von dem Geheimnis, das er mit Doktor Steward teilte, preis. Doch immer, wenn er versuchte, Liza zu animieren nach ihrer Vergangenheit zu forschen, blockte Liza ab. Es war, als wollte sie nichts mehr davon wissen und den Rest ihres Lebens mit Scheuklappen gehen. Nicht einmal das Schwimmbad hatten sie nochmals besucht. Liza wollte nur noch durch die Gegend schlendern und sie redete über belangloses Zeug. Schmerzte es noch tief in ihr, dass Stacy sie so einfach hatte stehen lassen? Wollte sie jeglicher

Konfrontation aus dem Wege gehen und gar nicht mehr erfahren, wer sie eigentlich war? Oder war es ein Test, den Steven bestehen sollte, um herauszufinden, wie lange er es an ihrer Seite aushielt, ohne ihr körperlich nahe zu sein?

Steven war das alles unerklärlich und doch opferte er ihr seine Zeit, denn er war gern mit Liza zusammen. Doch heute war seine sonst so ruhige Seele in Aufruhr - heute wollte er es wissen!

Ganz direkt fragte er sie, was mit ihr los sei, und ganz unerwartet - so, als hätte Liza heute nur auf diese Frage gewartet - brach sie ihr stilles Geheimnis.

Tränen liefen ihr plötzlich über`s Gesicht. Sie schluchzte, räusperte sich und sah sich ängstlich um. Steven hatte keine Ahnung nach wem sie Ausschau hielt. Er bemerkte nur, dass eine starke Veränderung in ihr vorging und er griff sie schützen wollend bei den Händen.

»Was hast du? Was ist mit dir los? Wolltest du nicht erfahren, was in deiner Vergangenheit geschehen ist? Du weichst mir aus, wenn ich irgendwas erwähne. Ich will dir doch nur helfen!«

Steven spürte den Druck von Lizas Händen, denn diese pressten seine fest zusammen. Er erhob sich von der Bank, stellte sich vor sie und dann kniete er sich zu ihr nieder.

»Was ist los, Liza? Ich bin bei dir. Sag´ mir, was dich quält! Was beschäftigt dich so, dass du dich in dein Schneckenhaus zurückziehst?«

Liza schluchzte laut.

»Du bist so lieb, Steven. Ich will das alles zwischen uns nicht zerstören.«

»Soll es denn so bleiben, wie es ist?«, unterbrach Steven sie.

Liza riss die verweinten Augen auf und starrte zu ihm hinab. Steven erahnte aus ihrem Blick, dass sie dachte, er meinte die noch platonische Liebe zwischen ihnen beiden und schnell korrigierte er diesen Irrtum.

»Nein, Liza, ich meine nicht unsere Freundschaft. Natürlich hatte ich mir anfangs mehr davon erhofft, aber das ist mir nicht ganz so wichtig. Du weißt, was ich meine. Nein, ich spüre, dass dich etwas quält und du leidest. Und auch ich leide mit ...! Öffne deine Gedanken für mich! Ich werde versuchen dir zu helfen. Wir werden einen Weg finden.«

Liza drehte ihre Hände aus seiner Umklammerung und blickte gen Himmel. »Du willst also doch nur das Eine von mir!«

Entrüstet stand Steven auf. »Glaubst du das wirklich? Nach all den Wochen?«, fügte er fast beleidigt hinzu.

Liza stand auf und wollte gehen, ihn einfach stehenlassen. Ja, das hatte sie vor!

»Nein, Liza. Du bleibst hier!« Er griff sie an der Schulter. »Lass mich bitte nicht so stehen!«, forderte Steven. »Bleib bitte!«, bat er im Flüsterton.

»Lass mich gehen, du willst nur das Gleiche wie Doktor Miller!« Steven zog Liza an der Sommerjacke und sie sackte lautlos zurück auf die Parkbank.

»Doktor Miller???«

Steven zwang sich zur Ruhe, was ihm aber nicht ganz gelang. Für einen Augenblick schloss er die Augen und atmete tief durch.

»Doktor Miller? Was will er von dir? Sprich, du hast nie von ihm erzählt. Ist er mehr als dein Therapeut, oder will er mehr sein?«

In Steven brodelte die Eifersucht. Wollte dieser Doktor Miller Liza zu irgendetwas zwingen? Er sollte Liza therapieren, um ihre Vergangenheit zu finden! Bedrängte er sie vielleicht?

»Nein!«, stieß Steven heraus. »Liza! Du hast dich so verändert. Ist er der Grund?«

Liza schüttelte den Kopf. »Lass mich! Ich will hier weg.«

»Willst du mir nicht ...«, begann Steven und hielt Liza diesmal nicht zurück, »... erklären?«

Liza lief davon. Was sollte Steven tun? Sie mit Gewalt zu halten hätte nichts gebracht. Als er Liza nicht mehr erspähen konnte, legte er die Hände vor`s Gesicht. Mit einem Mal war es, als bräche ein Damm in seinem Inneren, denn jetzt wurde ihm richtig bewusst, dass er Liza liebte. Es war kein Mitleid, das ihn an ihrer Seite hielt. Dieser Auftritt, diese Gefühlsausbrüche, zeigten ihm und hoffentlich auch Liza, wie nah er ihr stand. Steven kam zu einem Entschluss ...

Durch die Türsprechanlage hallte: »Ja, wer ist da?«

»Ich muss mit Ihnen reden!«, antwortete Steven barsch.

»Und wer sind Sie?«

Steven strich seine Unmutsfalten glatt.

»Mein Name ist Carry und wir müssen reden!« Ungeduld klang aus seinen Worten.

»Darf ich erfahren, welcher Mister Carry da mit mir reden will?« Steven zwang sich zur Ruhe, denn ihm wurde klar, dass er ohne genauere Erklärung sein Ziel nicht erreichen würde. Etwas freundlicher klingend sagte er: »Hier ist Steven Carry, und ich ...« Aber im selben Moment surrte es in der Anlage.

Steven drückte die Tür nach innen und war nun doch etwas verblüfft. Er hatte diese Reaktion nicht erwartet.

Sekunden später funkelten ihn zwei weit geöffnete Augen an. Sprachlos nickte Steven nur und fühlte sich plötzlich hilflos, wie ein vom Regen hochgespülter Wurm.

»Guten Abend!« Eine Hand streckte sich ihm entgegen und Steven glaubte, sein Arm wäre aus Blei.

»Schön Sie kennenzulernen, Mister Carry! Entschuldigen Sie, weil ich nicht gleich öffnete, aber Liza hatte nie Ihren Nachnahmen erwähnt. Sie sind also der Steven, der meiner Patientin etwas aus ihrer Vergangenheit erzählen konnte.«

Stevens zuvor angesammelte Wut hatte sich in Nervosität verändert. Er hatte nach seinem forschen Einlassbegehren nicht erwartet, so freundlich empfangen zu werden. Er war kaum fähig zu sprechen und nun war er doch hier und musste Doktor Miller einen Grund für sein Kommen erklären.

»Ich wollte mit Ihnen ...«

»... über Liza sprechen?«, vollendete Doktor Miller Stevens begonnenen Satz. »Ja, das freut mich außerordentlich, denn Sie können mir sicherlich mehr berichten.«

Steven kratzte sich an der Stirn. »Berichten? Was sollte ich Ihnen berichten können?«

Doktor Miller verzog das Gesicht und schüttelte enttäuscht den Kopf.

»Ich hoffte, Sie könnten mir Lizas eigenartiges Verhalten erklären?«

»Ich ...?« Jetzt verstand Steven gar nichts mehr.

»Entschuldigen Sie bitte, kommen Sie doch erst einmal rein!«

Doktor Miller schloss die Eingangstür und führte dann Steven in sein Sprechzimmer. Steven blickte sich um und ihn überkam ein komisches Gefühl.

»Ich bin doch nicht ihr Patient, Doktor Miller!«, stieß Steven heraus.

»Nein, Mister Carry, aber ich dachte, wir wollen über Liza reden und hier bewahre ich ihre Akte auf.«

Er holte einen Ordner aus dem Schrank und legte ihn Steven auf den Schoß. Steven hatte sich gefasst und gestikulierte seine Frage nur.

»Ja, Sie dürfen!«, meinte Doktor Miller, der sie verstand.

»Es ist Lizas Akte.«

»Das ist ja nichts ...«, meinte Steven nach ein paar Sekunden. Doktor Miller presste die Lippen fest aufeinander.

»Eben, es ist gar nichts.«

Steven zog die Stirn kraus. »Was bedeutet das, Sie sind doch ihr Arzt?«

»Das bin ich, aber ich kann Liza zu nichts zwingen!«

Zwingen, Zwingen ...! Diese Worte hallten Steven in den Ohren wider. Jetzt lobte er seine Zurückhaltung, denn er begann mehr und mehr zu verstehen. Liza hatte sich auch Doktor Miller gegenüber abgeschottet.

»Mehr haben Sie nicht?«

»Wäre es mehr, dürfte ich Ihnen diese Unterlagen gar nicht zeigen - Schweigepflicht und so ... Gleich nachdem Sie sich kennenlernten, sprach Liza über Sie. Sie schien glücklich zu sein und mich freute es sehr, dass Sie den Kontakt zu ihr hielten. Und Sie sind, soviel ich weiß, Lizas einzige Bezugsperson in ihrem neuen Leben.«

Steven legte die Hand vor den Mund und starrte auf das Blatt vor ihm. Hier waren alle Termine aufgeführt, zu denen Liza erscheinen sollte. Nur zwei gab es, an denen etwas Anderes stand, als - Patient nicht erschienen! und das war lange her. - Nach zehn Minuten verließ Pat. die Praxis – Steven blickte auf.

»Und nun?«

»Und nun?«, wiederholte Doktor Miller.

»Ich hoffte ...«

»Und ich hoffte, Sie ...?«

»Wir müssen etwas tun, um Liza aus dieser Lage herauszuhelfen«, sprach Steven entschlossen und stand auf.

»Das ist richtig, doch ich ...«

»Dann muss ich es versuchen, ich bin mehr als ein guter Bekannter. Jedenfalls möchte ich das sein.«

Steven steuerte auf die Tür zu und meinte:

»Ich werde Sie über alles Neue informieren.«

»Halt! Stopp!«, rief Doktor Miller.

»Bitte gehen Sie ganz behutsam vor! Wenn Sie es überstürzen, lässt sie womöglich niemanden mehr an sich heran.«

Steven nickte und nun schämte er sich. Wie hatte er nur glauben können, Doktor Miller führte mit Liza etwas Böses im Schilde.

Von Stevens Auseinandersetzung mit Liza am Nachmittag, wusste Doktor Miller nichts. Und doch hatte er sicherlich etwas in der Art vermutet.

Natürlich musste der Doktor über etwas Menschenkenntnis verfügen - immerhin war er Psychiater! Steven fühlte sich ertappt, aber er setzte ein freundliches Gesicht auf, um seine wahren Gefühle verbergen zu können.

»Viel Glück!« Doktor Miller drückte Stevens Hand.

Auch ohne weitere Worte hatten sie sich beide ein Bild voneinander machen können.

Ein leises Klopfen riss Liza aus ihren sie zermarternden Gedanken. In der vergangenen Nacht hatte sie nur geweint.

Schon lange fand sie keinen Schlaf in der Nacht und nun noch dieser Kummer um Steven.

Sie wunderte sich nicht, denn sie ahnte, wer vor ihrer Tür wartete. Durch die Tür sprach sie leise, aber verständlich:

»Steven, ich kann dich nicht reinlassen.« Trotz dieser Worte legte sie ihre Hand auf die Klinke. Steven hatte keine andere Antwort erwartet, obgleich er seine Frage nicht einmal geäußert hatte.

»Liza, es tut mir Leid, wenn ich dich verletzt habe. Bitte, ich werde dich nicht mit irgendwelchen Fragen quälen! Ich will ..., ich will nur bei dir sein!«

Die Tür öffnete sich und Steven hörte ein lautes Schluchzen.

»Bei solch einer Frau willst du sein?«, fragte Liza im Flüsterton und zeigte mit ihrer Hand auf sich. Dann rieb sie sich die stark geröteten Augen und versuchte zu lächeln.

Liza sah aus wie ein Häufchen Unglück. Sie war blass und ihre sonst so hübschen Augen hatten dunkle Ränder. Ihr blondes Haar hatte sie zu einem Knoten gebunden. Nur einzelne Strähnen hingen ihr ins Gesicht. Steven ließ die mitgebrachten Blumen zu Boden fallen und nahm Liza fest in seine starken Arme. Er drückte sie an sich und wiederholte:

»Ja, ich will bei dir sein. Nur bei dir, mein Schatz.«

Liza löste sich sanft aus seiner Umklammerung und schaute zu ihm auf.

»Ich muss doch schlimm aussehen ...«

»Nein, du bist wunderschön«, hakte Steven ein, und obgleich Doktor Miller ihn gewarnt hatte, konnte er sich nicht zügeln. So wie Liza ihn jetzt ansah, konnte er nicht zurück. Ihre Augen lächelten ihn unter Tränen an. Sie empfand ein unbekanntes Glücksgefühl und sein Lächeln ließ ihr Herz schneller klopfen. Jetzt küsste er sie mit ganzer Leidenschaft. Ihre Lippen waren so weich und warm und sie schmeckten nach dem Salz ihrer vergossenen Tränen. Liza wehrte sich nicht. Sie genoss seine Liebkosung. Auch sie war wie gefesselt und hoffte innig, dieser Moment würde niemals enden. Steven verschwendete keinen Augenblick, um an eventuelle Konsequenzen zu denken. Dafür gab es auch keinen Grund, denn er spürte nur, wie Liza immer nachgiebiger in seinen Armen wurde. Alles um sie beide herum war wie von einem Sternenhimmel umgeben. Nun kannten sie sich bereits monatelang, doch nie hatte Steven gewagt, Liza anderswo als an den Händen zu berühren. Die Zeit war reif, die Situation prickelnd und Liza war bereit für ihn. Sie wollte ihm alles schenken, was sie besaß - ihren weichen, jungen, begehrenswerten Körper ...

Steven hob sie empor und trug sie in ihr Schlafzimmer. Sanft legte er sie auf das Bett. Sie sprachen beide kein Wort. Es brauchte keine Worte mehr. Atemlos lag Liza da und ohne sich dagegen wehren zu können, ließ sie sich von Steven entkleiden. Weder Scham noch Hemmungen überkamen sie. Es schien fast selbstverständlich zu sein, so, als hätte Steven das bereits unzählige Male getan. In ihr loderte das Verlangen, welches nur Steven zu stillen vermochte. Desgleichen konnte sie sich nicht entsinnen. Wenn es für sie doch ein neues Erlebnis war, wollte sie es in vollen Zügen auskosten. Steven bedeckte ihren nackten Körper mit zärtlichen Küssen. Dabei entdeckte er auch Lizas Narbe auf dem Bauch. Ihn störte diese nicht. Er wollte nur Liza. Sein Verlangen nach ihr war so stark! Irgendwann glitt er über Liza und alle angesammelten Sorgen drifteten ins Nichts. Steven war es, als öffneten sich tausend festverschlossene Türen, hinter denen ein unbeschreiblich wertvoller Schatz nur darauf wartete, endlich geborgen zu werden. Liza genoss seine Liebkosungen und endlich wurde ihr langersehnter Traum Wirklichkeit. Sie war frei von allen Ängsten und beide spürten nur noch ihr Begehren zueinander. Sekunden später wurden sie in Schwindel erregende Höhen emporgehoben, als ihre Körper miteinander zu einem verschmolzen ...

Glücklich schlief Liza später in Stevens Armen ein. Zum ersten Mal seit Langem fiel sie in einen ruhigen traumlosen Schlaf. Dieses Erlebnis, dieses unendliche vertraute Empfinden zueinander, waren ihr neu. Vor dem Unfall war sie bereits neunzehn Jahre alt gewesen. Hatte sie niemals zuvor ihre Leidenschaft mit jemanden teilen können? Oder war es anders gewesen? Aber wie? Sie konnte sich nicht erinnern. War sie vielleicht sogar ein unbeschriebenes Blatt?

Steven drückte Liza fest an sich und er fühlte sich, als sei er der glücklichste Mensch auf Erden.

Leise wisperte er in Lizas Ohr: »Schatz, ich liebe dich!«, und versank gleich darauf in einen seligen Schlaf. Doch diese Worte, die Liza ja nur im Unterbewusstsein vernahm, weckten sie urplötzlich wie ein Schrei aus der Dunkelheit. Mit einem Mal war Liza hellwach. Und mit weit geöffneten Augen starrte sie an die dunkle Zimmerdecke. Sie war sich sicher, dass sie diese Worte schon einmal gehört hatte. Doch etwas Eigenartiges musste sich hinter diesem Ausspruch verbergen! Es konnte nichts Positives bedeuten, dessen war sie sich sicher.

Lizas innere Ruhe und Zufriedenheit, die sie eben noch gefühlt hatte, waren vorbei und hielte sie Steven nicht festumschlungen in seinen Armen, hätte sie sofort eiligst das Bett verlassen. Seine tiefen Atemzüge verschafften ihr etwas Beruhigung und auch die Erinnerung an das eben erlebte Gefühl halfen ihr ungemein. Lange rang sie noch mit ihren Gefühlen, bis sie einschlief.

Habe ich geträumt? fragte sich Steven und er schlug die Augen auf. Im Zimmer war es noch dunkel. War da nicht eben ein Schrei zu hören? Verschlafen schüttelte er sich und setzte sich auf. Wo war Liza? Er tastete das Bett ab, doch der Platz neben ihm war leer! Wie benommen stand er auf und suchte nach ihr. Zusammengekauert auf dem Sofa sitzend, so fand er Liza vor. Alle Lampen im Raum waren eingeschaltet. Wie im Zustand der Trance saß Liza da, die Beine angezogen und mit wippenden Bewegungen starrte sie mit kataleptischem Blick ins grelle Licht.

»Liza, was hast du nur?« Steven stürzte auf sie zu. Schnell versuchte er seine Beunruhigung zu verbergen und als er sich vor sie hinkniete, wiederholte er leise: »Schatz, was hast du?«
Sanft nahm er ihre Hände, die sie verkrampft um ihre Knie presste und er flehte: »Ich bin hier, sieh` mich bitte an!«
Vorsichtig streichelte er ihr über die Wange und zog sie an sich heran. Seine Worte schienen Liza aus dem Traumzustand zu befreien. Sie schluchzte leise und brach danach in Tränen aus.

»Warum muss ich so leiden?«, fragte sie über Stevens Schulter hinweg. Steven brach es fast das Herz. Hatte er sie mit seiner Liebe womöglich doch überrumpelt?
Stotternd fragte Liza: »Ich ..., ich habe doch nichts verbrochen! Habe ich das denn wirklich verdient?«

»Nein Liza!« Steven streichelte ihr sanft über den Rücken.
»Nein, du hast nichts Schlimmes getan.« Das zu sagen lag ihm auf dem Herzen und es war auch von Nöten, um in Liza eine Beruhigung zu erzielen. Aber im nächsten Moment suchten seine Augen den Raum ab und Zweifel stiegen in ihm auf. Er hatte

keine Ahnung, was Liza erlebt hatte - welche Erinnerungen sie so quälten. Waren es Ereignisse, die sie unschuldig durchgestanden hatte und die sie jetzt marterten? Oder waren es Schuldgefühle, die sie tief im Innern belasteten und nun verfolgten und maßlos quälten?

Liza schmiegte sich fest an Steven.

»Lass mich bitte nie wieder los! Halt mich für immer fest!«, forderte sie bittend.

»Liza, ich bin da für dich.« Und für ihn völlig unbewusst und so selbstverständlich wiederholte er sein Bekenntnis: »Liza, Schatz, ich liebe dich!«

»Nein!«, schrie Liza und stemmte sich gegen Stevens kräftig gebaute Brust.

»Was, was hast du?«, Steven gab Liza frei. Sie hatte wieder den apathischen Blick und fiel in den ursprünglichen Zustand, indem er sie eben gefunden hatte.

»Was habe ich denn falsch gemacht, Liza? Sprich! Ich liebe ...«

»Nein!«, unterbrach Liza ihn wieder schreiend.

Entsetzt blickte Steven auf Liza herab. Er griff nach ihren Händen. Alles schien wieder von vorn zu beginnen. Steven glaubte, sich in einem bösen Traum zu befinden. Sekundenlang glich sein Blick Lizas. Starr und fassungslos suchte er nach dem Grund für ihr Verhalten.

»Liza, weshalb darf ich das nicht sagen? Ich belüge dich doch nicht ... Es ist mir ernst!«

Den Blick abgewandt, schluchzte Liza aus sich heraus:

»Sag` es bitte nie wieder!«

»Wieso?«, brach es laut aus Steven. Liza erschrak und durch ihren Körper zog ein unerklärlich seltsames Gefühl. Es war kein gutes Gefühl, es war keine Freude! Diese Worte lösten ein Unbehagen in ihr aus - es war Angst!

»Es tut mir weh!«, antwortete Liza lautstark und blickte immer noch starr an die Wand. Steven war verzweifelt. Diese Worte waren so einzigartig und wenn sie jemand nicht hören wollte oder konnte, war das nicht ohne tiefgreifenden Grund. Doch wenn Liza nicht verriet, was sie so quälte, musste Steven jetzt die Initiative ergreifen.

»Liza, wenn du nicht mit Doktor Miller reden willst, dann rede mit mir! Es wird dir helfen, ganz sicher.«

Liza hob den Kopf und sah Steven wie durch einen Schleier an.

»Du warst bei Doktor Miller?« Steven nickte.

»Steven, ich hatte dir nicht erlaubt, ihn aufzusuchen.«

Lizas Stirn war mit Unmutsfalten übersäht.

»Ich habe ..., ich musste es aber tun. Du brauchst Hilfe.«

In seinen Worten lag Besorgnis, aber sein Blick war fordernd.

»Mir kann niemand helfen«, gab Liza trotzig zurück.

»Oh, doch ...!« »Wie denn?«, schrie sie ihn missmutig an.

»Ganz einfach. Du musst nur reden!«, antwortete er seelenruhig. Liza schüttelte den Kopf. Steven packte sie etwas fester an der Schulter und wiederholte energisch:

»Liza, du musst reden! Das hilft! Glaube es mir doch!« Leise fügte er hinzu: »Sonst ist alles verloren. Du ...«

Liza erschrak und betrachtete seine Hand, die er fest an sie presste. Angst stieg in ihr auf und sie reagierte wie ein ungezogenes Kind.

»Nein!«, meinte sie wieder trotzig und drehte sich weg. Doch schlagartig wurde ihr bewusst, was er damit meinte und sie sah ein - er hatte Recht!

»Wir sind verloren? Wir ...?«, schluchzte sie nun und Tränen rollten ihr über`s Gesicht. Steven löste den Druck von ihrer Schulter und wischte ihre Tränen fort. Er setzte sich neben sie und sprach liebevoll:

»Schatz, egal was es ist - erzähle! Erzähle mir doch einfach was dich bewegt, was in dir vorgeht!«

Liza blickte ihn traurig an und langsam taute der Eisblock in ihr, der ihre Gedanken einschloss.

Sie erzählte Steven von ihren bösen Träumen, worin sie niemals ein Gesicht erkannte. Die Träume waren so real. Geräusche, Stimmen, Hitze und Kälte konnte sie spüren, doch sie war wie blind. Schwarze Nacht umgab sie und sie wusste nie, wo sie sich befand. Sie hatte panische Angst und immer wollte sie schreien, doch keinen Ton brachte sie heraus. Schweißgebadet erwachte sie dann und es geschah jede Nacht das Gleiche; das, was Steven heute miterleben musste. Liza kauerte dann auf der Couch, sah ins grelle Flutlicht der Lampen und wartete darauf, dass ihre Ängste verschwanden. Manchmal dauerte dieser Zustand Stunden und wenn sie dann vor Erschöpfung einnickte, war es nur ein kurzer Moment der Erlösung, denn die Visionen kamen wieder. Erst am Nachmittag war sie für den Tag bereit und sie hatte die Zeit mit Steven genossen. Er hatte ihr Ablenkung geschenkt, die sie so nötig brauchte.

Stunden später lag Liza noch immer in Stevens Armen und obgleich sie schluchzte, verriet dieses Geräusch doch eindeutig, dass sie Erleichterung gefunden hatte. Endlich hatte sie Steven ihr Vertrauen geschenkt, auf das er schon so lange hoffte. Und Steven schwor sich in diesem Moment, sie für die weitere Zukunft wie einen wertvollen Edelstein zu behandeln und zu beschützen. Niemand würde diese Frau jemals verletzen dürfen, ganz gleich was sich in ihrer Vergangenhcit verbarg. Sie war doch so unschuldig wie eine Blumenknospe, die das Licht der Sonne noch niemals sah. Und niemand dürfte diese Blume knicken und an einen Ort tragen, wo sie vielleicht nur verwelken würde.

Unhörbar hauchte Steven: »Ich liebe dich«. Diese Worte sprach er nur für sich, denn jetzt hoffte er, Liza würde es nicht bemerken. Von nun an, wollte er jede Nacht bei Liza sein. Und Liza war auch glücklich darüber, als Steven am nächsten Abend keine Anstalten machte sie verlassen zu wollen. Eng aneinandergeschmiegt saßen sie zusammen und setzten die Unterhaltung vom Vorabend fort. Doch auch am vierten Abend spürten beide, dass sie so nicht weiterkamen. Dunkelheit und Ängste bestimmten Lizas Träume - doch der Grund dafür blieb im Verborgenen.

Fünf Tage später - sprang Liza endlich über ihren Schatten. Es war so gegen zehn Uhr und Liza lag auf Doktor Millers Sofa in seinem Behandlungszimmer. Ohne Steven davon zu unterrichten, entschied sie sich zu diesem Schritt. Doktor Miller stand seine Freude ins Gesicht geschrieben. Liza hatte begriffen, dass beide Männer auf ihrer Seite standen, das stärkte ihr Selbstvertrauen und vielleicht würde sie so endlich Licht ins Dunkel bringen können.

Bevor Liza die Augen schloss, meinte sie:

»Doktor Miller, ich will mein Bestes geben. Glauben Sie mir?«
In den Zustand der Trance versetzt beantwortete Liza Doktor Millers Fragen.

»Was sehen Sie, Liza?«

»Ich sehe nichts, alles um mich herum ist dunkel.«
Liza sprach mit einer kindlichen Stimme zu ihm, was ihm deutlich klarmachte, dass Liza sehr weit in die Vergangenheit zurückgekehrt war. Deshalb sprach Doktor Miller auch mit ihr, wie zu einem Kind.

»Öffne deine Augen! Wo bist du?«

»Ich weiß es nicht.« Jetzt schlug Liza die Augen auf.

»Ich sehe nichts!«

»Konzentriere dich! Irgendetwas siehst du doch. Was ist es?«
Ängstlich zwinkerte Liza einige Male.

»Ich ..., ich sehe Schatten, die sich bewegen.«

»Wo Schatten ist, da ist auch Licht. Suche das Licht!«

Liza bewegte den Kopf seitwärts. Dann reckte sie den Hals.

»Dort ist ein schwaches Licht. Dort oben.«

»Bist du in einem Raum? Ist dort eine Lampe?«

»Nein, das Licht ist ganz schwach. Ich glaube, ... ich glaube, ich sehe den Himmel!«

»Du bist also draußen. Was tust du gerade?«

»Ich gehe, nein ich renne.«

»Wohin willst du laufen?«

»Keine Ahnung. Ich zittere und habe ...«

Kataleptisch starrte Liza an die Zimmerdecke.

»Ich kann nicht, ich habe große Angst!«

»Ganz ruhig, Liza! Sie sind in Sicherheit.«

Doktor Miller meinte lobend und sichtlich zufrieden:

»Sie haben das hervorragend gemacht, Liza!«

Wie benommen schaute Liza Doktor Miller an.

»Was habe ich denn erzählt?«

»Liza, Sie waren für kurze Zeit in die Vergangenheit getaucht. Sie haben das sehr gut gemacht.«

»Und?« Lizas Blick war bittend.

»Ich weiß soviel, dass Sie mir ein Ereignis aus ihrer Kindheit schilderten.«

»Kindheit!«, wiederholte Liza misstrauisch. »Wie konnten Sie das feststellen?«

»Sie antworteten mir in einer sehr ungewöhnlichen hohen Stimmlage. Daraus lässt sich eindeutig schließen, dass Sie in ihrer frühen Vergangenheit schwebten.«

»Und?« Liza verzog das Gesicht.

»Für den Anfang war das schon sehr viel, Liza! Sie laufen vor irgendetwas fort und haben große Angst. Mehr kann ich für heute nicht sagen. Aber für`s Erste, war das sehr viel. Glauben Sie mir, Liza!«

Enttäuscht stand Liza auf. Sie ging hinüber zu Doktor Millers Schreibtisch und nachdenklich betrachtete sie die Tastatur des Computers. »Wann machen wir weiter?«

»Wann Sie wollen. Sie können gleich morgen wieder ...«

»Morgen schon!?«, hakte sie ein.

»Selbstverständlich können Sie sich auch erst erholen und wir ...«

»Nein, das geht schon.« Liza strich gedankenverloren über die Tastatur und ging dann sofort zur Tür. »Bis morgen also.«

»Gern, Liza. Um die selbe Zeit?«

»Ja.«

Liza verließ das Büro ohne weitere Worte. Irgendwie hatte sie sich mehr versprochen, vom heutigen Tag. Was sollte sie Steven sagen, wenn er kam?

Aber Steven reagierte freudig. Endlich hatte sie beschlossen sich helfen lassen. Der erste Schritt war getan und er wusste, er würde sie weiter animieren Doktor Miller aufzusuchen.

Gleich am nächsten Morgen startete Liza den nächsten Versuch. Doktor Miller begann dort, wo sie am Vortag aufgehört hatten.

»Liza, erinnern Sie sich? Sie laufen, Sie wollen rennen.«

Liza antwortete wieder mit kindlicher Stimme.

»Ja, ich muss weg!«

»Wo bist du?«

Doktor Miller bemerkte, wie Lizas Beine zuckten.

»Wo willst du hin?«

»Ich will rennen, aber es geht nicht.«

»Weshalb geht es nicht, was hält dich auf?«

»Der Boden ist so ... Es knackt und raschelt unter meinen Füßen.«

Schlagartig wurde Doktor Miller bewusst, dass Liza durch einen Wald lief. Das schwache Licht und die Schatten stammten also von den beblätterten Kronen der Bäume.

»Bist du in einem Wald?«

»Ja, ja ... ich bin im Wald! Aber ich komme kaum von der Stelle. Alles ist wie in Zeitlupe.«

»Wer oder was hält dich zurück? Wirst du festgehalten?«

»Nein, niemand hält mich.«

Liza zitterte am ganzen Leib und plötzlich umschlang sie ihren Körper mit den Armen. Doktor Miller runzelte die Stirn.

»Liza, was trägst du?«

Liza konnte die Frage nicht beantworten. Stattdessen meinte sie mit weinerlicher Stimme:

»Ich kann nicht mehr, es ist so schwer.«

»Wirf den Ballast weg, Liza!«, forderte Doktor Miller lautstark.

»Nein, nein, ich darf nicht. Ich darf es nicht zurücklassen.«

»Warum ist es so wichtig für dich?«

Doktor Miller wollte jetzt nicht aufgeben. Aber er wusste auch, dass er nicht zu hart mit Liza sein durfte.

»Ich kann nicht mehr!«, stöhnte Liza laut und richtete sich auf. Mit geschlossenen Augen suchten ihre Hände tattrig nach festem Halt; nach Schutz und Geborgenheit! Doktor Miller eilte zu ihr.

»Ganz ruhig, Liza! Sie sind in Sicherheit.«

»Hilfe!«, schluchzte Liza leise.

Erst jetzt gab er ihr die Hand, die sie daraufhin fest in ihre presste. Tief in seinem Innern war Enttäuschung. Er hätte so gern mehr erfahren, doch Liza war an ihre Schmerzgrenze gelangt. Wenn Sie ihn fragte, was diese Sitzung brachte, könnte er ihr nichts Genaueres sagen. Dann wäre sie doch wieder enttäuscht. Wie würde sie es auffassen?

Liza öffnete die Augen. In ihrer Stimme lag die Enttäuschung, die Doktor Miller vermutete.

»Das soll mir jetzt helfen?«, fragte sie völlig erschöpft und noch immer mit Tränen in den Augen.

Beschwichtigend sagte er: »Glauben Sie mir, es wird helfen!«

In den nächsten Minuten erholte sich Liza etwas und ohne Doktor Miller irgendeine Frage zu stellen, die diese Sitzung betraf, ging sie, wie schon am Vortag, zum Computer hinüber. Irgendetwas zog sie dorthin. Mit einem Mal fragte sie scheinbar ganz gelassen: »Wie lange wird das noch so gehen, bis wir Näheres wissen?«

Doktor Miller schüttelte ahnungslos den Kopf.

»Ich weiß es nicht, aber heute haben Sie mir ...«

»Diesmal weiß ich es«, unterbrach sie ihn. »Ich laufe durch einen Wald und ich trage etwas Schweres. Loslassen kann ich es aber nicht.« Verblüfft zog Doktor Miller die Brauen hoch, denn normalerweise wissen seine Patienten nichts mehr von der Befragung. Liza bemerkte seine Überraschung.

»Ist das denn ungewöhnlich? Ich weiß leider nicht was ich trage. Ich konnte es nicht sehen, nicht fühlen, obgleich ich mich so sehr anstrengte.«

»Darauf kann ich mir auch keinen Reim machen, es war zu wenig, keine eindeutigen Anhaltspunkte. Ich hoffe, irgendwann ...« Doktor Miller hielt inne, denn Liza schien wie abwesend zu sein. Sie starrte auf die Tastatur des Computers und heute strichen ihre Finger sanft darüber.

»Was geht in Ihnen vor, Liza?«

»Nichts«, antwortete sie leichthin.

War sie gar nicht mehr bei der Sache? Und wirklich:

In diesem Moment dachte sie daran, wie schön es wäre, könnte sie diesen Computer nur bedienen, würde sie ihre Bewerbungen darauf schreiben können. Alles wäre viel schöner und sähe korrekter aus. Vielleicht hätte sie dann Erfolg und sie würde eine Anstellung bekommen, die sie täglich aus ihren sie quälenden

Emotionen riss. Doktor Millers Therapie war erfolglos in ihren Augen. Sie musste sich anders helfen.

Plötzlich erinnerte sich Doktor Miller an Stevens Worte, `Liza sucht in Zeitungen nach einem Job` und er unterbrach Lizas Gedanken abrupt und meinte:

»Ich bin überzeugt, Sie gäben eine gute Sekretärin ab.«

»Ich?« Liza blickte auf.

»Ja, wollen Sie?« Doktor Miller stand bereits neben ihr.

»Sie meinen, ich ...?«

»Wenn Sie möchten, können Sie für mich einige Briefe tippen.« Lizas Augen waren riesengroß.

»Aber ich ...«

»Man kann alles lernen.«

Doktor Miller lächelte und gestikulierte, dass Liza sich setzen sollte. Lizas Herz klopfte bis in den Hals.

»Probieren Sie es!«

Liza fühlte sich so, als sei sie der glücklichste Mensch auf Erden.

Liza hatte einen Job und in den nächsten Wochen entwickelte sich ihr Leben immer weiter ins Positive. Sie war so vertieft in ihre Arbeit und erledigte diese bald mit Bravour. Doch hätte Steven sie nicht täglich mit liebevollen Worten vom Computer vertrieben und sie mit seiner Leidenschaft abgelenkt, hätte Liza wohl jegliches Zeitgefühl verloren.

Das erste Gehalt von Doktor Miller stimmte sie überglücklich und sie war ihm um den Hals gefallen. Mit väterlicher Geste hatte Doktor Miller diesen Freudensprung verarbeitet und Liza dabei liebevoll an seine Brust gedrückt. Steven gönnte Liza den Triumph. Er spürte auch, wie sie immer mehr aufblühte, als ihr eigener neu erworbener Computer nun im Wohnzimmer seinen Platz fand. Aber nach und nach machte er sich Gedanken. Von Stund an war sie wie vernarrt in dieses Gerät und kaum noch davon wegzubewegen. Liza fehlte der Kontakt zur Außenwelt! Eingeschlossen in den Wänden der Praxis von Doktor Miller und ihrer Wohnung verbrachte sie nun die Zeit. Steven wollte sich nicht beschweren, doch er erzählte Doktor Miller von seinen Sorgen und Doktor Miller hatte die passende Idee!

»Liza, komm!« Diese Forderung stellte Steven nicht zum ersten Mal.

»Ich kann noch nicht«, erwiderte sie ebenfalls schon mehrfach.

»Du hast es mir versprochen, Liza!«

»Können wir nicht morgen, Steven?«

»Morgen? Nein, wir wollten heute«, nervte er und schaute dabei auf seine Uhr.

»Morgen Abend wird es auch noch schön sein.«
Steven suchte aufgeregt nach einer eindeutigen Begründung, dass es nun ausgerechnet heute sein musste.

»Morgen kann es regnen.«
Liza blickte auf und fragend sah sie ihn an.

»Regnen? Draußen ist alles pulvertrocken!«

»Eben«, meinte Steven kurz.
Liza schmollte.

»Was ist denn mit dir los? Was nervt dich heute denn so?«
Steven erhob sich.

»Willst du es wirklich hören?«, fragte er beleidigt.
Liza schaltete den Computer aus. »Nun mach mal `nen Punkt. Du bist also sauer, weil ich heute nicht mit dir spazieren gehen will?«

»Heute??? Liza, erinnere dich! Wann waren wir das letzte Mal zusammen spazieren?« Liza stutzte. »Soll ich dir helfen, Liza? Da hattest du noch keine Ahnung, wie man einen Computer bedient!«
Liza zuckte zusammen und zog einen Flunsch. Einsichtig hob sie die Brauen und ging auf Steven zu.

»Aber zu Hause war es doch auch jeden Abend kuschelig, oder?«, fragte sie im Flüsterton und mit kokettem Blick.
Steven nahm ihre Hände und nickte. »Natürlich, Liza. Mit dir ist es immer wunderschön.« Sein Blick schweifte zum Fenster hinüber.

»Aber da, Liza! Da draußen gibt es auch noch etwas. Dort, hinter diesem Fenster, ist die Welt. Dort ist auch Leben.«
Liza dachte über diese Worte nach und zog sich dann die Spange aus dem Haar. Sie schüttelte ihre lange lockige Haarpracht und für Steven fast unfassbar äußerte sie:

»Na dann los! Wir werden aber nicht nur spazieren gehen. Ich werd` dich heute überraschen.«

»Was ...?« Steven blieben die Worte im Halse stecken. Er sah Liza mit Kinderaugen erwartungsvoll an. Doch Liza ließ ihn stehen und verschwand im Schlafzimmer. Stevens Mund blieb offen. Er war sprachlos.
Zauberhaft hergerichtet stand Liza wieder vor ihm.

»Was hältst du davon, wenn ich dich heute zum Essen einlade?«
Steven folgte ihr zur Tür. Er war immer noch nicht fähig seine Überraschung in Worten auszudrücken.
Eingehakt bei Steven schlenderte Liza mit ihm in Richtung

Innenstadt. Verliebt sah sie ihn an. »Wo wollen wir es uns denn gutgehen lassen, Steven? Ich kenne mich hier nicht aus?«

Genau auf diese Frage hatte Steven gewartet und gehofft. Mit dem Finger zeigte er auf ein Lokal und meinte, versucht gelassen dabei zu wirken:

»Dort war ich schon einmal, war ganz nett. Wollen wir?«

Sogleich zog er sie in die besagte Richtung und hoffte inständig, sie würde seinen Vorschlag gutheißen. Liza ließ sich lenken und als sie vor der Eingangstür standen, umschlang Liza ihn mit ihren Armen und flüsterte ihm ins Ohr:

»Schatz, in meinem Pass steht, dass ich heute Geburtstag habe! Das will ich hier mit dir feiern.«

Stevens Augen blitzten spitzbübisch. »Mm«, meinte er nur und küsste Liza leidenschaftlich. Dann hauchte er ihr ins Ohr:

»Wenn dir das für den Anfang reichen würde ...?«

Liza öffnete die Augen und löste sich von ihm. Sie betrachtete das hübsch verpackte kleine Kästchen, welches Steven ihr unter die Nase hielt.

»Was ..., wie?«, stotterte Liza. Steven lächelte verschmitzt und drückte ihr einen flüchtigen Kuss auf die Lippen. Dann hauchte er liebevoll:

»Herzlichen Glückwunsch zum Geburtstag, mein Schatz!«

Liza schüttelte es. »Wie hast du ...?«

»Keine Angst, ich habe nicht in deinen persönlichen Sachen gekramt. Das tue ich nicht.«

»Doktor Miller!?«, meinte Liza laut. Steven nickte nur. Dann sah sie zur Eingangstür. »Wolltest du mich heute etwa ...?«

Burschikos hob Steven die Schulter. »Ja, das hatte ich vor.«

Liza war überwältig. Ihr Steven wollte sie heute, anlässlich ihres Geburtstages ausführen und sie hatte sich wie ein sturer Esel aufgeführt.

»Und natürlich hast du auch einen Tisch für heute bestellt?«

In ihren Augen glitzerten Freudentränen. Steven nickte nur.

Und wirklich; ein kleiner Tisch am Fenster war hübsch hergerichtet worden. Das Dinner `For Two` war außerordentlich vorzüglich und Liza war wie benebelt vor Glück.

Nun betrat ein Pärchen das Lokal und es steuerte genau auf die beiden zu.

»Hallo ihr zwei!« Hände streckten sich ihnen entgegen.

Lizas Herz verkrampfte sich. Was wollten diese beiden hier? Liza fingierte ein Lächeln und als Steven die beiden mit Namen ansprach, erinnerte sie sich. »Wir kennen uns doch?«

»Ja, ich bin Nick, der Barkeeper aus dem Schwimmbad.«
Er zeigte auf seine Begleiterin. »Und das ist Susan.«
Das waren also Stevens Freund und dessen Freundin. Wollte Steven, dass dieser Abend mehr als ein zweisames Treffen wurde? Liza beschloss, die Eindrücke auf sich wirken zu lassen. Sie würde so Bekanntschaften schließen und genau das war wohl Stevens Absicht.

Wer hätte auch nur ahnen können, dass irgendetwas, was bislang still im Verborgenen blieb, durch den Einfluss widerer Umstände alles Harmonische zerstören könnte ...?

Stunden später hatten die meisten Gäste das Lokal bereits verlassen. Nur noch ein verliebtes Pärchen, das sich die Hände hielt und kaum miteinander sprach, saß weit entfernt von den vieren. Als sei es abgesprochen gewesen, hatten Nick und Susan Liza nicht nach Dinge aus ihrer Vergangenheit befragt. Sie redeten ausschließlich über die Zukunft. Liza begrüßte dieses Verhalten sehr, denn es war sehr taktvoll, dass sie nicht in Lizas `Wunden bohrten`. Doch mit einem Mal veränderte sich alles ...

Der Korken der vierten Flasche Sekt knallte, und Nick füllte die Gläser auf. Dabei verschüttete er einen Teil auf die Tischdecke. Da alle etwas angeschwipst waren, flog ein mehrklängiges `Huch` durch den Raum. Nick begann sich zu entschuldigen. Seine Worte kamen aber wohl wegen des von ihm genossenen Alkohols recht undeutlich aus seinem Mund. Mit puterroten Wangen schimpfte Susan:
»Nick, ich hatte doch gesagt, dass du dich lieber etwas zurückhalten sollst.«
Steven hakte ein.
»Wieso, heute feiern wir und wir trinken doch nur Champus. Das bisschen wird ihn doch nicht gleich umhauen.«
»Ja, ich kann das ab«, lallte Nick. Und ohne zu prosten, trank er den gesamten Inhalt seines Glases in einem Zuge aus. Steven krauste die Stirn und schickte Susan fragende Blicke. Susan presste die Lippen fest aufeinander. Dann erklärte sie, denn unweigerlich musste sie es tun:
»Nick muss sehr starke Medikamente nehmen. Die Operation ist zwar gut verlauf ...« »Operation?«, unterbrach Steven sie.
»Ja, du weißt nichts davon, Steven. Nick wollte dich damit nicht belasten.« »Belasten, mich?« Stevens Gesicht verzerrte sich. Schlagartig wurde ihm bewusst, weshalb ihm Nick nichts erzählt

hatte. Steven hatte seinen Freund vernachlässigt und seine ganze Freizeit Liza geopfert. Er war ja nicht einmal mehr ins Schwimmbad gegangen. Liza hatte keine Lust dazu gehabt. Aus diesem Grund war Steven nicht aufgefallen, dass Nick krank war. Er hätte ihn doch hinter der Bar vermisst!

Nick hatte den Kopf nun auf den Tisch gelegt. Das letzte Glas hatte ihn endgültig schachmatt gesetzt. Steven fühlte sich so schuldig. Was hatte er getan? Er klopfte Nick leicht auf die Schulter und flüsterte:

»Tut mir echt Leid, Nick.« Und obgleich diese Worte und diese Geste Stevens Traurigkeit über sein Handeln und Unwissen ausdrückten, entfachte er ein erschütterndes, böses Rachegefühl in Nick, welches selbstverständlich nur durch die Mischung aus Medikamenten und Alkohol in ihm aufstieg. Nick fühlte sich zutiefst verletzt. All die Zeit, in der er Steven nicht zu Gesicht bekam und nur kurze Anrufe von ihm erhielt, die immer nur den Inhalt: »Thema Liza« hatten, schmerzte in ihm. Nick hatte nicht gewagt über sein Problem zu sprechen. Er fraß seinen Kummer in sich hinein. Und als sich dann Steven vor drei Tagen gemeldet hatte, um ihn und Susan einzuladen und Steven sie auch noch darum bat, Liza nicht mit Fragen aus der Vergangenheit zu quälen, brodelte es tief in Nick. Denn er hatte selbst eine schwere Zeit hinter sich - ohne Stevens Anteilnahme!

Unsanft entfernte Nick Stevens Hand von seiner Schulter. Nick rappelte sich auf und er versuchte aufrecht zu sitzen. Sein Oberkörper schwankte leicht und mühsam sagte er: »Du, du warst mein bester Freund, Steven! Aber ..., ich habe dich verloren!«

Nick sah nun Liza böse an. »Durch die da, hab` ich dich verloren«, fügte er eisig hinzu.

Liza wusste nicht recht weswegen Nick sie beschuldigte. Sie öffnete den Mund doch Steven kam ihr zuvor.

»Aber du bist doch trotzdem mein ...« »Nee!« Nick schüttelte den Kopf. »Nee, Steven, das ist keine Freundschaft. Du ..., du wolltest nur die Frau finden, damit sie dir dein Auto ersetzt und nun ...?« Nick hielt inne und stützte seinen Kopf auf den Unterarm.

Liza sah diesem Desaster nur fassungslos zu und sie bemerkte, wie sie ein Zittern überkam.

»Auto?«, fragte sie dann leise und es war, als bräche eine Welt in ihr zusammen.

Nick nickte und meinte: »Ja, sein Auto.«

»Sei still!«, fuhr Steven ihn forsch an und wollte ihm seine

Hand auf den Mund pressen. Aber Nick ließ sich nicht von ihm anfassen und schon gar nicht auf diese Art und Weise.

»Ja, Schätzchen.« Nick griente Liza an. »Der wollte, dass du ihm sein Auto bezahlst. Seins ist nämlich auch in die Luft gegangen, als er dich gerettet hatte.« Er schwenkte den Blick wieder zu Steven. »Ha, und nun tut er so, als ob er dich liebt. Einen Job hast du ja jetzt. Dann kannst du die Mücken ja langsam abstottern.«

Steven erhob sich. »Nick, was sagst du da? Hab` ich dich so sehr verletzt?«

Nick legte den Kopf zurück auf den Tisch und flüsterte:

»Ich lass mir das Maul nicht von dir verbieten, nicht mehr. Punkt!«

Liza war wie in eine Starre gefallen. Sie glaubte ihren Ohren nicht. Susan war ebenfalls schockiert. Was sollte sie davon halten? Sie war ebenso wie Liza nicht in die Sache eingeweiht worden. Aber sie glaubte fest, dass Steven Liza liebte. Nick hatte ihr von Stevens Glück erzählt, da er in Liza die Frau seines Lebens endlich gefunden hatte. Und nun das! Liza aber konnte nicht mehr. Sie erhob sich und starrte in den Raum.

»Ach sooo ist das!«, meinte sie endlich und wollte den Tisch verlassen. Steven griff nach ihrem Arm, doch sie schüttelte ihn ab. Tief in Stevens Innerem schrie alles, doch er brachte keinen Ton heraus. Er sah zu, wie Liza auf die Tür zusteuerte und es schmerzte in seiner Brust. Susan stieß Steven an: »Du kannst sie so nicht gehen lassen. Tu was!«

Steven rief darauf: »Liza! Geh nicht! Es ist nicht wahr.«

Liza rührte das nicht und sie griff bereits nach der Klinke. In seiner Not benutzte Steven die `verbotenen Worte` und er rief:

»Schatz, ich liebe dich!«

Auf Lizas Reaktion war er vorbereitet, denn diese Worte würden nicht so leicht von ihr abprallen. Mit den funkelnden Augen einer angriffslustigen Katze fuhr Liza herum und sah Steven genau in die Augen und ebenso kratzbürstig fauchte sie: »Du hast mich bitter enttäuscht. Du bist ...«

Sie wandte den Blick ab und öffnete die Tür.

»Liza!«, schluchzte Steven hilflos. Noch einmal drehte sich Liza um und erklärte: »Ich werde dir dein Auto bezahlen, irgendwann. Darauf kannst du Gift nehmen. Deine Klamotten kannst du nachher von der Straße aufsammeln, ehe es ein anderer tut.«

Liza verließ das Lokal und nur ein frischer Luftzug durchströmte den Raum. Plötzlich roch es nach Herbst, nach dem Ende des Sommers - dem Ende einer wunderschönen Zeit - der mit Liza!

Liza kauerte auf der Couch. Wie sollte sie diese Nacht nur überstehen? Sie wusste, dass sie nicht schlafen könnte, mit den Gedanken, die sie marterten. Immer wieder hörte sie Nicks Worte ... und wollte einfach nicht glauben, dass sie von Steven stammten. Ihre Augen heftete sie nun an Stevens große Reisetasche. Sollte sie diese wirklich aus dem Fenster auf die Straße werfen? Die Zeit mit Steven war so wunderschön, so wertvoll gewesen. Sollte sie nun wirklich das letzte Bisschen von ihm verlieren? Ja, sie musste!
Ihre Gemütslage wechselte viertelstündlich. Wut und Rachegefühle verwandelten sich in Traurigkeit und Sehnsucht. Und als ihr der morgendliche Schimmer am Himmel den nächsten Tag andeutete, hatte sie eine Lösung gefunden. Stevens Sachen würde sie bei Doktor Miller hinterlegen, damit er sie irgendwann, wenn sie nicht im Büro sein würde, abholen könnte.

Steven fühlte sich mies. Seine Sachen fand er nicht auf der Straße vor Lizas Wohnung und somit ging er traurig in seine einsame kalte Wohnung. Er hatte es Nick nicht verübeln können und ihn nicht forsch angefahren. Nein! Als Liza ging, spürte er, dass es keinen Sinn machte ihr gleich zu folgen. Beide brauchten ihre Zeit. Aber in Steven brannte es, den Grund für dieses Dilemma zu klären. Sein Freund Nick hatte Schlimmes hinter sich und Steven wusste nichts davon. Steven schämte sich, als er die Wahrheit von Susan erfuhr. Doch was hätte er nun noch tun können? Susan und Steven brachten Nick nach Hause. Nick war da nicht mehr ansprechbar. Als Steven dann ging, meinte er zu Susan:
»Es tut mir so Leid, was geschehen ...«
»Nein, Steven«, unterbrach sie ihn. »Uns tut es Leid. Ich spreche da auch in Nicks Sinne, denn er war sich seiner Worte nicht bewusst. Dein Handeln zeigt uns doch eindeutig, dass du Liza von Herzen liebst. Nur dann vergisst man alles andere um sich herum. Nick ist dein Freund, aber Liza deine wahre Liebe! Genau das habe ich gespürt bevor Nick dieses sinnlose Desaster entfachte. Nick hat die Operation gut überstanden, aber ich hoffe jetzt für dich, du hast durch ihn nicht deine Liebe verloren!«
Steven lächelte. »Du bist lieb, Susan, aber ich ...«
»Dann kämpfe! Kämpfe nicht nur für dich. Auch Nick wird am Boden zerstört sein, wenn er erfährt, was er angerichtet hat.«

Steven zuckte die Achseln. »Ja, ich muss kämpfen. Was hat dir Nick über Liza erzählt?«

Susan rieb sich die Augen. »Nicht viel, nur dass du sie gerettet hast und was ihr dann passierte. Aber von dem, was da zur Sprache kam, hatte ich keinen blassen Schimmer. Ich wollte ja helfen, doch ich war so schockiert, dass mir die Worte fehlten.« Sie senkte den Blick zu Boden.

»Susan, was Nick sagte, habe ich ihm vor mehr als zwei Jahren erzählt. Ja, es war mein Ziel sie zu finden, um an mein Geld zu kommen, aber das war lange Zeit, bevor ich Liza richtig kennenlernte.«

»Ich wusste doch, dass du kein Schuft bist«, griente Susan nun.

»Pass auf, Susan!« Steven kam ein kluger Gedanke. »Auch wenn es eine Lüge ist, aber es ist eine Notlüge. Versuchen wir es einfach.«

Susan sah ihm erwartungsvoll in die funkelnden Augen und wiederholte.

»Notlüge?« Steven erzählte ihr von seinem Plan …

»Genauso machen wir es, ich werde es versuchen!«, meinte Susan abschließend und Steven ging.

Es war so gegen Mittag und nun konnte Steven wenigstens eine Last von sich abwerfen. Denn Susan schickte ihm die erwartete Nachricht auf sein Handy. Nun konnte er sich darauf vorbereiten, wie er Liza zurückgewinnen könnte.

Stunden später stand er vor Lizas Tür, doch ein großer Zettel, der an dieser heftete, wies ihn in seine Schranken.

-Steven! Ich will nicht mit dir reden. Deine Sachen lagern bei Doktor Miller.-

Stevens Klopfen wurde nicht erhört. Liza stellte sich taub.

Doktor Miller fragte nicht, als Steven wegen seiner Sachen klingelte. Doch Steven erklärte ihm trotzdem die unangenehme Situation. Ratlos blickte Doktor Miller Steven an. Wie hätte er davon wissen können?

In seiner Tasche fand Steven sein Geburtstagsgeschenk für Liza. Sie hatte es nicht ausgepackt, dass wollten sie gemeinsam tun, wenn sie nach Hause kämen. Doch daraus wurde nichts und Liza wollte es nicht mehr sehen. Da waren noch ein Briefumschlag mit hundert Dollar und ein Brief mit den Worten:

Das ist für die Rechnung meiner schönen Feier. Ich will dich ja nicht ausnehmen. Und ich will dich nicht mehr sehen. Versuch`s erst gar nicht! Das Auto bezahle ich dir, in Raten. Doktor Miller kann es mir vom Lohn abziehen und auf ein extra Konto legen. Ich liebe dich nicht, oder habe ich das jemals zu dir gesagt? Leb` wohl!!

Wütend zerknüllte Steven den Brief und warf ihn in die Ecke.

»Ich will das nicht. Ich will dich!«, schrie er und schlug mit großer Wucht auf den Couchtisch. Die darin eingearbeiteten Fliesen platzten und einige Splitter flogen durch den Raum. Er erschrak, denn nie hätte er sich solchen Wutausbruch zugemutet.

Steven grübelte die ganze Nacht und plötzlich kam ihm ein hilfreicher Gedanke. Wenn Liza ihn nicht anhören wollte - und dessen war er sich ziemlich sicher - würde er sie vielleicht durch einen Trick erreichen. Er wollte es versuchen.

Am Montagmorgen gab sich Liza gelassen, als sie in Doktor Millers Praxis mit ihrer Arbeit begann. Auch Doktor Miller war wie immer. Er trat an sie heran und wie immer meinte er freundlich:

»Diese Schreiben bearbeiten Sie bitte sofort. Sie müssen heute noch raus. Es wäre schön, na, Sie wissen schon!« Er legte den Stapel neben die Tastatur und lächelte sie an - wie sonst auch. Ohne weitere Worte verschwand er in sein Behandlungszimmer. In Liza stiegen Zweifel auf. Verstellte sich Doktor Miller nur, oder war Steven noch nicht hier gewesen, um seine Sachen zu holen? Wenn er das noch nicht einmal getan hatte, dann war sie ihm wohl wirklich egal und dieser Nick hätte Recht gehabt. Aber warum schmerzte sie dieser Gedanke so? Empfand sie noch immer so viel für Steven? Nein, schalt sie sich, er ist es nicht wert. Ich werde es auch ohne ihn schaffen.

Eine äußerst attraktive Dame betrat die Praxis und erlöste Liza aus ihren Grübeleien. Ohne ein Wort des Grußes ging sie steif an Liza vorbei. Dann sah sie Liza von oben herab an und hob auffällig und sehr hochnäsig aussehend den Kopf. Vor Doktor Millers Raum blieb sie stehen und da sie den Kopf nicht senken wollte oder konnte, schielte sie fragend zu Liza hinunter.

Liza griente: »Doktor Miller ist im Zimmer, aber es wäre nett, wenn Sie kurz anklopfen!«

Noch höher schob die Dame das Kinn und meinte nur `Ph`, bevor sie einmal kräftig an die Tür hämmerte und sofort in den Raum trat.

»Alte Zicke!«, flüsterte Liza, als das Schloss einrastete.

Liza war diese Szenen gewohnt. Doktor Millers Patientinnen waren meist frustrierte Ehefrauen, die mit dem Reichtum ihrer

Ehemänner nur Schindluder trieben. Wann sich eine Gelegenheit bot, betrogen sie ihre Männer, da sie sich langweilten und nichts Besseres mit sich anfangen konnten. Ob der Poolreiniger nun seinen knackigen Hintern zu offensichtlich herausgestreckt hatte, oder der Zeitungsbote den zotteligen Hausbewohner, namens `Beauty`, jedes Mal mit einem Leckerli verwöhnte, welches ein Entzücken in der Hausherrin auslöste ... Immer schoben diese besagten Damen die Gründe für ihr frevelhaftes Dasein anderen in die Schuhe. Doktor Miller musste hinhalten und den Seelsorger spielen, obgleich diese Frauen eher eine Tätigkeit brauchten, damit sie mit ihrer Zeit etwas Sinnvolles anfangen könnten. Aber lieber kamen sie zu Doktor Miller und gaben ihm von ihrem Reichtum ab. Wen störte es? Doktor Miller war durch sie vermögend geworden. Und diese Damen konnten ja nicht ahnen, dass Liza mehr wusste, als sie glaubten. Doktor Miller konnte jedoch bei ihr sicher sein, dass sie seinen Patienten gegenüber oder in der Öffentlichkeit niemals ein Wort darüber verlauten ließ. Sie wusste auch ohne die ihr vorgelegte Schweigepflichterklärung, die sie unterschrieben hatte, dass sie damit nur ihren Job gefährden würde. Sie amüsierte sich nur im Stillen manchmal über die Problemchen dieser sogenannten `Damen` der besseren Gesellschaft. Ihr gegenüber waren sie oft hochnäsig und arrogant. Sie war ja auch nur die Vorzimmerdame des gefragten Psychiaters. Aber bei Doktor Miller flennten sie sich über ihr ach so langweiliges und »schweres« Leben aus.

Nach und nach wurde der Stapel Unterlagen kleiner, den Doktor Miller Liza am Morgen vor die Nase gelegt hatte. Völlig vertieft griff sie zum nächsten Hefter und plötzlich schoss ihr Glut ins Gesicht. Was war das? Auf dem Kopf des Schreibens stand: »Steven Carrey / Patientennummer 121. Problem ungeklärt!
Liza blickte auf. Laut rief sie: »Doktor Miller! Ich weiß nicht, was ...!« Doch Doktor Miller war wieder intensiv beschäftigt. Die Millionärserbin, Miss Candy, die trotz ihres großen Reichtums immer noch nicht die wahre Liebe ihres Lebens gefunden hatte, klagte ihm gerade ihr Leid. Diese Frau war unattraktiv, ungepflegt, völlig verbohrt in ihren Vorstellungen und total frustriert darüber, dass sie immer noch niemand mochte.
»Doktor Miller!«, wiederholte Liza hilflos. Nichts rührte sich. Aber sie durfte die Sitzung nicht unterbrechen, dass war ihr strengstens untersagt. Nur ein wirklich dringender Notfall hätte sie dazu befugt. Und war das ein solcher? Liza riss sich zu-

sammen und ermahnte sich »Bleib ruhig! Du bist doch kein kleines Kind.« Plötzlich überkam sie ein peinliches Schamgefühl. Wusste Doktor Miller etwa alles über sie und Steven? Hatte sich Steven über sie beklagt. Das wollte sie jetzt aber wissen und sie blickte auf das Blatt vor sich.
Der Text war handgeschrieben und ein Brief an sie - von Steven.

Liebe Liza!
Bitte, bitte lies das und urteile dann! Entschuldige, dass ich diesen Weg wähle, aber ich muss dir doch so viel erklären. Ja, Liza! Ich gebe zu, was Nick sagte, in seiner Betrunkenheit von sich gab, stimmt. Das kann und will ich nicht leugnen. Aber als ich diese Worte sagte - das war vor über zwei Jahren - war ich aufgebracht und wütend. Ich war wütend über meine Nachlässigkeit und Dummheit. Ich suchte einen Schuldigen und ich gab dir die Schuld, obgleich ich dich nicht einmal kannte. Meinen nagelneuen Wagen hatte ich gerade erst seit einigen Tagen und ich hatte das Versicherungsangebot des Autoverkäufers ausgeschlagen. Doch meinen Bekannten Mike, bei dem ich alle anderen Versicherungen habe, konnte ich nicht erreichen. Er machte Urlaub an der Südsee, das erfuhr ich aber nicht durch ihn persönlich. Er war auf Hochzeitsreise und deshalb telefonisch nicht zu erreichen. Wer lässt sich dabei auch gern stören? Nun war ich der größte Idiot auf Erden, denn ich wollte warten, bis er zurückkam. Aber das wurde mir zum Verhängnis ...
Natürlich bekam ich für meinen Wagen keinen Cent, als dieser nur noch Schrott war. Ich war ruiniert und zahle noch immer jeden Monat für einen Traum. Und Nick, ja Nick! Er wusste längst, dass ich ohne dich nicht mehr sein kann, doch ich hatte ihn vernachlässigt, wie er meinte. Du warst mir eben am wichtigsten. Ich wusste nichts von seiner Operation. Und unter dem Einfluss starker Medikamente, hatte er den Sekt nicht verkraften können und seiner Wut mit diesen Worten Luft gemacht. Verzeih` mir bitte, dieser Abend sollte so wunderschön für dich werden. Bitte öffne die oberste Schublade deines Schreibtisches!

Über Lizas Wangen rollten Tränen und sie folgte der Anweisung und zog die Schublade heraus. Sie sah Stevens Geschenk darin und sie nahm es an sich. Darunter lag ein Briefumschlag an sie adressiert und auch von Steven. Dessen Inhalt glaubte sie zu kennen, und langsam und voller Spannung öffnete sie das hübsch eingewickelte Kästchen. Liza schniefte laut durch die Nase, als sie den wertvollen Ring darin betrachtete. Nun öffnete sie den Briefumschlag und las die nur an sie gerichteten lieben Worte:

Liza, Darling!
Ich kann nicht mehr ohne dich leben. Wenn du mich auch willst, dann verspreche ich dir, dass ich alles tun werde, um dich glücklich zu machen. Bitte heirate mich!

Liza schluchzte und sie suchte, sie vermisste noch etwas und fand das, was sie suchte, als sie das Blatt umdrehte.
- Wenn du mir verzeihen kannst, dann komme heute, um sechs in den Park. Dein Steven -

Nun war Liza völlig aus dem Häuschen und vergaß jedes Verbot. Sie sprang von ihrem Platz auf und stürmte, ohne anzuklopfen, in Doktor Millers Behandlungsraum.
Anders als die frustrierte Millionärserbin, Miss Candy, die Liza, wie eine aufgeplusterte und aufgescheuchte Henne anstarrte, schien Doktor Miller nicht überrascht zu sein, als Liza euphorisch meinte: »Schauen Sie nur, Steven will mich heiraten!«

Stevens Herz klopfte laut, bei ihrem Anblick. Liza saß auf der Parkbank und sie wartete nur auf ihn. Ein weißer Fliederbusch stand hinter der Bank und seine vielen weißen Blüten umkränzten Liza. Wie eine Prinzessin saß sie inmitten dieser Pracht und wartete auf ihren Prinzen. Ruhe bewahren! forderte Steven von sich, als er sich wortlos neben Liza setzte. Liza hatte den Ring - seinen Ring - an ihrem Finger. Es bedurfte also keiner weiterer Worte; sie hatte ihm verziehen.
Strahlend schaute sie zu ihm auf. Ihr Mund lächelte ihm entgegen. Glücklich und wortlos zog Steven Liza dicht an sich heran. Was sollten sie sich auch fragen oder sagen? Liebevoll umarmte er Liza und küsste sie leidenschaftlich. Liebkosend glitten seine Hände über ihren Rücken und suchten unter ihrem Pulli ihre warme Haut. Seine Finger rutschten hinunter zu ihrer schmalen Taille und den sanften Rundungen ihrer Hüften. Er spürte, wie Liza ihm entgegenkam, wie sie seine Zärtlichkeiten genoss. Er bedeckte ihr Gesicht mit sinnlichen Küssen und sie schmiegten sich eng aneinander.
»Steven!«, wisperte sie wie benommen.
»Ich habe dich so sehr vermisst«, hauchte er zurück und zog sie sanft auf seinen Schoß.

»Ich dich auch.« Nun kniff sie ihm leicht in den Rücken.

»Steven, weißt du nicht, wo wir hier sind?!«

»Oh ja, ich bin bei dir und nur das ist wichtig.«

Liza öffnete die Augen und sie schien fast durch ihn hindurchzusehen.

»Wir sind in einem öffentlichen Park!«, betonte sie nun.

»Ich weiß«, antwortete er kurz.

In der Position in der sich Liza befand, spürte sie sein Verlangen nach ihr ganz deutlich. Auch in ihr wuchs das Verlangen nach ihm. Doch hier ...!?

»Steven, wir müssen hier weg!«, bat sie ihn, denn ein Schamgefühl stieg in ihr auf.

»Das weiß ich.« Steven stand auf. Liza verharrte in ihrer Position und klammerte sich an ihn. Liza war so federleicht. Steven trug sie hinter den Fliederbusch und legte sie sanft ins Gras. Der Fliederbusch versteckte ihre Gestalten und die Blüten um sie herum dufteten nach Liebe. Liza und Steven hatten in diesem Moment nur einen Gedanken ...

»Du musst mir verzeihen, Steven!« Liza schmiegte sich an Steven. Sie saßen auf der Couch und im Hintergrund ertönte die von Steven mitgebrachte Kuschelmusik aus dem Player.

»Ich soll dir ...?« »Ja, ich war egoistisch und du warst nur für mich da.« »Nein, Psst!« Steven legte seine Hand auf ihren Mund. Lächelnd schüttelte er den Kopf. Doch sie entfernte seine Hand aus ihrem Gesicht.

»Doch, lass mich sprechen. Ja, ja, ich war egoistisch! Wir haben nur über meine Probleme gesprochen und letzte Nacht wurde mir klar, wie wenig ich über dich weiß. Ich habe nie gefragt, was in dir vorgeht, was du überhaupt machst? Ich habe keine Freunde. Aber du stehst mitten im Leben. Du kennst deine Vergangenheit, hast Verpflichtungen damit. Nur um mich hast du dich gekümmert. Ich habe das nicht geschätzt. Mir war nicht klar, was du für mich aufgegeben hast.«

Nachdenklich sah Steven sie an.

»Ja, Liza, aber du bist es mir wert.«

Er nahm seine Liza, die mit unglücklichem Gesicht vor ihm saß, in die Arme. »Wenn du nur willst, dann gebe ich für dich alles auf.« Er griff nun zu seinem Handy und wählte.

»Hallo Jack! Kannst du morgen den Laden mal alleine schmeißen?« Steven wartete nicht lange und legte das Handy zurück. Er nickte nur zufrieden. Kurz und knapp!, dachte Liza.

Gleich darauf stand Steven auf. »Wo willst du denn hin?« Liza sah ihn aus großen Augen an.

»Ich will nur eine Treppe tiefer und Doktor Miller bitten, dir morgen auch freizugeben.«

Liza nickte nur. Stevens Mut beeindruckte sie. Wie konnte er nur so gelassen und selbstverständlich davon ausgehen, dass ihr Chef, Doktor Miller, ebenso wie der seine, ohne Murren, das hinnahm? Nach zirka zehn Minuten kam Steven wieder und meinte locker:

»Wenn du damit einverstanden bist, werden wir heute Nacht alle Unklarheiten beseitigen und wenn es bis in die Morgenstunden anhält.« Er holte eine Flasche Wein hinter seinem Rücken hervor, die er von Doktor Miller bekommen hatte und erklärte: »Die hier soll uns zwar nicht die Sinne benebeln, aber sie soll für einen gemütlichen Abend sorgen. Mit freundlichen Grüßen von deinem Chef!«

Liza war überwältigt und musste nun laut lachen. Sie stand auf und holte Gläser und Knabberkram.

»Prost, auf einen gemütlichen Abend!« So begannen sie ihre Zweisamkeit, und sie wollten alle Geheimnisse, die zwischen ihnen standen, lüften.

Liza war schockiert, als sie von Steven erfuhr, dass er der Inhaber des Fitnessstudios war, in welches er täglich, wenn er sie morgens verließ, ging. Sie kannte die weitere Umgebung noch nicht gut. Nur die Schwimmhalle, in der Nick als Barkeeper arbeitete war ihr bekannt. Steven hatte vor über zwei Jahren einen großen Kredit aufgenommen, um sein eigenes Fitnessstudio finanzieren zu können. Zuvor war er bei der Konkurrenz im anderen Stadtteil beschäftigt und verdiente wenig. Die Anbiederungen der muskulösen Frauen, die er dort trainieren musste, waren ihm ein Dorn im Auge. Für ihn war es ein Job und er fand starke Muskeln nur an einem männlichen Geschöpf akzeptabel. Eine Frau, fand er, konnte auch eine sportliche Figur haben, aber trotzdem fraulich aussehen. Er mochte es nicht, wenn Frauen mit maskulin getrimmten Körpern daherkamen und mehr Muskeln als ein Möbelpacker aufwiesen. Steven musste sich von den besagten Mädchen und Frauen viel gefallen lassen und sie ließen nicht von ihm ab. Sein damaliger Chef wollte seine Kundinnen halten und zufriedenstellen. Stacy gehörte auch dazu. Sie war besonders dreist und drohte stets und ständig, ihn beim Chef zu verpetzen. Aber Steven, der seine Abneigung diesen Damen gegenüber nicht verbergen konnte und das auf seinem Lohnschein kräftig zu spüren bekam, hatte schließlich die Nase voll.

Er kündigte, nachdem ihn einer seiner Freunde auf freistehende Räumlichkeiten, die man gut für ein Fitnessstudio nutzen konnte, aufmerksam gemacht hatte. Da Steven schon lange den Traum von Selbständigkeit hatte, ergriff er diese Chance sofort. Aber es musste umgebaut und eingerichtet werden und dazu brauchte man Geld. Steven hatte zwar Ersparnisse, aber die hätten nie gereicht. Also musste er eine Bank um Hilfe ersuchen.

Als er dann hörte, dass sein ehemaliger Chef das Gerücht verbreitete er - Steven - hätte sich ja mit diesem Unternehmen total überschuldet und könne sich deshalb nicht mal ein anständiges Auto leisten, kaufte er sich in einem Anflug von Größenwahn - so schätzte er es heute selber ein - diesen teuren Wagen auf Raten, den er bei Lizas Unfall gleich wieder verlor. Danach blieb Stevens Misere natürlich kein Geheimnis. Sein Ex-Chef konnte sich nicht bremsen, ihm seine Schadenfreude am Telefon mitzuteilen und meinte: »Ich dachte, du hast mehr Grips in deiner Birne! Beinahe hätte ich mich hinreißen lassen und dein Gehalt erhöht, damit du weiter für mich arbeitest. Bloß gut, dass ich das nicht gemacht habe, denn so ein Idiot wie du ruiniert erst sich und womöglich noch andere. Du Versager!«

Steven hatte sofort aufgelegt, hörte aber noch das hämische Lachen, das aus dem Hörer klang. Für Steven war es, als schlüge ihn eine Faust mitten ins Gesicht. Das Schlimme war, dass sein ehemaliger Chef nicht ganz Unrecht hatte. Aber Steven ließ sich nicht entmutigen. Er sprach mit der Bank, handelte gute Konditionen aus und arbeitete fast bis zum Umfallen. Bei allem hatte er stets die Unterstützung von Nick und er bereute zutiefst, dass er sich einige Zeit gar nicht um ihn gekümmert hatte. Jetzt, nach zwei Jahren, konnte Steven hoffen, bald aus den roten Zahlen heraus zu sein.

Liza hielt mit beiden Händen ihr Weinglas fest und gerührt über Stevens Offenbarung kamen ihr die Tränen.

»Ich habe das alles nicht gewusst, weshalb ...?«

»Ich wollte dich nicht mit meinen Problemen belasten«, hakte er ein.

»Nein, ich war egoistisch, ich hätte fragen können, was dich beschäftigt.« Steven wischte Lizas Tränen fort.

»Das ist doch Vergangenheit. Mein Fitnessstudio läuft gut. Noch drei Jahre, denke ich, und ich bin schuldenfrei.«

Liza lächelte.

»Schön, ich wünsche es dir. Was ist eigentlich mit deiner Familie. Du hast auch davon nie gesprochen. Wohnen deine

Eltern auch hier irgendwo in der Nähe?«

Steven nippte nachdenklich an seinem Glas und schob sich einen Chip in den Mund.

»Ich habe keine Eltern mehr«, antwortete er noch bevor er schluckte. Liza stand auf und bereute ihre Frage sofort.

»Entschuldige bitte, dass ich ...«

»Setz dich, es ist schon in Ordnung. Wir wollen doch über alles reden und das gehört eben dazu.« Liza glitt zurück auf das Sofa.

»Mein Vater hatte uns verlassen, als ich noch sehr klein war. Mit der Ehe und seinen väterlichen Pflichten hatte er nichts im Sinn. Alles Andere hatte er im Kopf, nur nicht seine Familie. Ich weiß nicht einmal, ob er noch lebt. Für mich ist er mein Erzeuger - nicht mehr.«

»Und sie, ich meine deine Mutter?«, fragte Liza zögerlich. Stevens Augen begannen zu glitzern.

»Meine Mutter, Sheeree, war ein sehr sensibler Mensch. Sie nahm Medikamente, um über den bösen Schmerz hinwegzukommen. Aber irgendwann stopfte sie die Antidepressiva nur noch kopflos in sich hinein.«

Steven schwieg. Es waren auch keine weiteren Worte nötig.

»Steven, du hast jetzt mich ...« Liza griff nach seinen Händen.

»Ich liebe dich!« Steven erwachte wie aus einem Traum.

»Du hast ... du hast es gesagt ...«, stotterte er und sah ihr in die Augen. Liza nickte und Steven fragte leise: »Darf ich auch ...?«

Tief sog Liza die Luft in ihre Lungen, trank einen Schluck Wein und meinte mit geschlossenen Augen: »Versuch`s!«

Steven nahm ihren Kopf in beide Hände und sie sahen einander fest an. Sein Blick drang bis tief in ihre Seele, als er hauchte:

»Ich liebe dich, mein Schatz!«

Liza legte die Lider über die Augen und ihr war, als würden spitze Pfeile durch ihren Körper schießen. Sie zuckte zusammen, verzerrte das Gesicht und stöhnte laut, als ob sie vor Schmerzen in eine Ohnmacht zu fallen drohte. In Steven stieg Angst auf und hilfeflehend flüsterte er:

»Warum nur, was quält dich so bei diesen Worten?«

Er hielt Liza schützend in seinen Armen und es dauerte eine Weile, bis sich die Verkrampfung in ihr löste.

»Steven, wenn ich bloß selber wüsste, was mit mir los ist!«

»Liza, mein Schatz, wir werden gemeinsam das Böse besiegen. Ich weiß noch nicht wie, aber das ist mein Versprechen.«

Engumschlungen verbrachten beide den Rest der Nacht auf dem Sofa.

Steven hatte bereits das Frühstück gemacht, als Liza noch fest schlief. Er gönnte ihr diese ruhige Phase, denn des Öfteren in der Nacht war sie erwacht und schrie aus Leibeskräften um Hilfe. Was war da nur in ihr, dass sie so maßlos und unmenschlich quälte?

Liza schlug die Augen auf und Steven eilte zu ihr mit einer Tasse Kaffee in der Hand.

»Schatz, komm dich stärken!« Liza sah etwas erholter aus. Unerwartet von Steven äußerte sie eine Frage.

»Wo bist du denn nun aufgewachsen? Musstest du in ein Heim?«

Steven schmunzelte, denn es freute ihn, Liza so erholt sehen zu können.

»Nein!«, meinte er. »Ich habe eine liebe Grandma und sie ist der allerbeste Mensch auf Erden, denn sie war immer für mich da.«

»War?«, fragte Liza entsetzt.

»Nein, nein! Meine Grandma lebt und sie wohnt hier ganz in der Nähe.«

Liza setzte sich auf. »Weshalb besuchen wir sie nicht?«

Steven atmete auf. »Wenn du willst, melde ich uns heute Abend bei ihr an, kein Problem!« Liza grübelte. »Nein, nicht gleich heute, Steven. Ich muss doch erst noch etwas besorgen.«

»Was willst du ihr denn schenken?« Sie zuckte die Achseln.

»Ich weiß nicht, irgendwas Schönes.«

»Na gut, dann besorge etwas für sie und wir gehen hin.«

Liza wurde nachdenklich. Plötzlich quälte sie ein anderes Problem.

»Was ist nun mit Nick? Er muss sich doch mies fühlen, da er uns auseinandertrieb. Weiß er denn, dass alles wieder im Reinen ist?«

Steven schob die Lippen übereinander.

»Ich war etwas vorschnell, denn ich hoffte fest, dass du mir verzeihen würdest. Er weiß nicht einmal, was er angerichtet hatte. Susan und ich, na ja, wir hatten einen Plan und der ging auf. Wir hofften, dass Nick nichts mehr davon weiß. Und richtig, er hatte den totalen Filmriss. Wir ließen ihn im Glauben, dass der Abend toll war.«

Liza zog eine Schnute. Sie fühlte sich etwas übergangen und doch äußerte sie dann:

»Vielleicht ist es wirklich besser so. Er war ja schließlich wie im Drogenrausch.«

Gleich am nächsten Tag ging Liza in die Stadt. Sie schlenderte durch die Einkaufsstraßen und fand absolut nichts Passendes für Stevens Grandma. Liza ging immer weiter und weiter. Ganz unbemerkt hatte sie das Zentrum der Stadt längst verlassen, und nun bewunderte sie die schönen Vorgärten in einer Wohnsiedlung.

Verträumt und nachdenklich, was sie für die alte Dame kaufen sollte, blieb sie nun vor einem Eigenheim stehen. Gleich darauf blickte sie sich um und sah auf der gegenüberliegenden Straßenseite einen Möbelwagen. Groß und breit stand er dort und versperrte die Sicht auf das Haus dahinter. Liza reckte den Hals und sie sah zwei Männer, die einen riesigen Tisch aus dem Wagen hievten. Einige Meter von ihr entfernt hielt ein Cabriolet, dem ein schlanker Mann entstieg. Dieser sah kurz zu Liza und ging, eine schwere Tasche tragend, auf das Haus zu, in dem er scheinbar wohnte. Liza blickte die Straße hinunter und ein Bus näherte sich ihr. Für einen winzigen Augenblick lang, schoss ihr durch den Kopf, mit diesem vielleicht nach Hause fahren zu können. Ihre Augen suchten gleich darauf eine Haltestelle. Sie hörte eine Kinderstimme. »Papa, Papa!« Ein Mädchen, mit einem Rucksack auf den Rücken, kam auf der anderen Straßenseite angerannt. Ihre Augen waren auf das Gehöft, auf das der schlanke Mann gegangen war, gerichtet.

»Papa, Papa!«, hörte Liza nur noch, denn das Mädchen war hinter dem Möbelwagen verschwunden. Was hatte die Kleine vor?, fragte sich Liza. Sie will doch nicht etwa ...!

»Der Bus!«, schrie Liza. »Halt! Bleib stehen!«, krächzte sie nur.

Liza rannte über die Straße, zog das Kind zurück auf den Fußweg, wobei sie mit dem Schuh am Bordstein hängenblieb und gleich darauf mit dem Kopf gegen den Masten der Straßenlampe prallte.

Liza löste den Griff von der Mädchenjacke und sackte in sich zusammen. Das Mädchen schrie vor Angst, saß rittlings auf Liza und starrte dem Bus hinterher.

In Lizas Schädel brummte es. Sie war noch bei Sinnen und rief laut um Hilfe. Jetzt packte sie das Mädchen wieder und hielt es krampfhaft fest. Mit geschlossenen Augen lag Liza auf dem Fußweg und rang nach Luft. Sie spürte das Gewicht der Kleinen und sie dachte, dass sie jeden Moment ans Ende ihrer Kräfte gelangen würde. Doch sie gab das Mädchen nicht frei aus ihrem Klammergriff.

»Du bist so schwer, aber ich lass dich nicht zurück«, wisperte Liza ängstlich. Diesen Satz wiederholte sie immer und immer wieder, dann wurde alles um sie her schwarz.

Als sie die Augen aufschlug, sah sie in ein ihr bekanntes, wohlvertrautes Gesicht.

»Doktor Steward, was ...?« Liza wollte sich aufrichten.

»Immer langsam, Miss Hills! Sie haben eine Gehirnerschütterung und müssen sich schonen.«

»Wo ist das Mädchen?«, fragte Liza.

»Daran können Sie sich erinnern?« Doktor Steward war verblüfft.

»Ja, die, die Kleine! Der Bus!«, stotterte Liza. Ihr Gesicht verzerrte sich. »Wie geht es ihr?«

Steven betrat das Zimmer und er unterbrach das Gespräch der beiden Frauen. »Was machst du für Sachen, Schatz?«

Doktor Steward zog die Brauen hoch. »Liza ist eine Heldin! Sie hat es Ihnen nachgemacht. Ohne sie, wäre das Mädchen sicherlich vom Bus erfasst worden. Dem Mädchen geht`s aber blendend.«

Steven küsste Liza auf die Stirn. »Aber jetzt musst du dich ausruhen.«

»Sie haben Besuch, Miss Hills!« Doktor Steward schmunzelte sie an und verließ das Zimmer wieder.

»Hallo!« Eine Hand streckte sich Liza entgegen. Liza erkannte den Mann. Es war der, der dem Cabriolet entstiegen war, kurz bevor Liza den Bus ankommen sah.

»Wo ist sie?«, fragte Liza.

»Hier!«

Der Mann trat einen Schritt zur Seite. Zaghaft kam das Mädchen auf Liza zu.

»Danke! Es tut mir Leid, dass ich ...«

Liza lächelte. »Ist ja alles gut gegangen, Kleine.« »Sie heißt Juli«, meinte jetzt deren Mutter und reichte Liza die Hand.

»Wie können wir das nur wieder gutmachen? Wir danken Ihnen aufrichtig.«

»Das war doch selbstverständlich. Ich war gerade am richtigen Ort.« Liza wurde ruhiger und schloss die Augen.

»Wir wollen Sie nicht weiter stören. Erholen Sie sich erst einmal. Sie sind uns immer herzlich willkommen in unserem Heim. Bitte besuchen Sie uns! Wir sind die Robbins.«

Mister Robbin legte einen Zettel unter den riesigen Blumenstrauß den er samt Vase mitgebracht und auf das kleine Schränkchen gestellt hatte.

»Ja, das werde ich tun«, meinte Liza erschöpft.

Doch noch lange, nachdem die Robbins gegangen waren, grübelte Liza intensiv. Ein eigenartiges Gefühl durchströmte sie. Sie konnte es sich nicht erklären, aber tief in ihr war der Drang, diese Familie näher kennen zu lernen und doch gleichzeitig spürte sie in sich eine starke Abwehr. Sie hatte Juli nur kurz gesehen und schon wusste sie, dass sie dieses Mädchen in ihr Herz geschlossen hatte. Aber sie scheute den Gedanken daran, dass ihr die Freundschaft zu dieser Familie guttun würde. Hatte sie Angst, einen Einblick in ein intaktes Familienleben zu erhalten? Von ihrer eigenen Kindheit waren alle Gedanken ausgelöscht. War die Ehe ihrer Eltern harmonisch? Wurde sie als Kind verstanden und geliebt? Bei diesen Gedanken überfiel sie eine Gänsehaut. Weshalb nur? Weshalb suchte sie niemand? Hatte sie auch keine Eltern mehr, so wie Steven? Lange hatte Liza diese Frage von sich weggeschoben, doch nun wollten die verdrängten Emotionen wieder an die Oberfläche, die alten Zweifel zerfraßen sie.

Lange hatte sie in dieser Nacht kein Auge schließen können. Die Angst davor, dass die bösen Träume wiederkehren würden, war gewaltig. Lizas Vorahnung erfüllte sich! Irgendwann schlief sie ein und sie sah sich selbst. Mit blutüberströmtem Gesicht und völlig zerfetzten Kleidern lief sie durch einen Wald. Vor ihrem Bauch trug sie Julis schweren Rucksack, der sie fast zu Boden riss. Sie stöhnte und wimmerte. Die Schweißperlen, die ihr übers Gesicht rollten, mischten sich mit ihrem Blut. Sie schluchzte und rang nach Luft. Immer wieder rief sie lautstark um Hilfe:

»Hilfe, Hilfe, ist denn da niemand?«

Ihre Schritte wurden schneller und der Rucksack war schwer wie Blei. Er drohte an ihr herunterzurutschen. »Nein, ich lass dich nicht zurück!«, schrie sie und hievte den schweren Ballast hinauf bis unter ihre Brust. »Ich schaffe es, ich werde durchhalten«, flüsterte sie von sich fordernd. Sie spürte, dass sie am Ende ihrer Kräfte war, doch sie gab nicht auf. Ihre Beine trugen sie fort. Es knackte und knirschte unter ihren Füßen. Ein Ast peitschte ihr ins Gesicht und sie stürzte ...

Sie sah die Silhouette einer Frau, die sich über sie beugte. Wild fuchtelte sie mit den Händen umher, bis das Beruhigungsmittel, welches die Nachtschwester ihr gespritzt hatte, zu wirken begann. Lizas Körper entspannte sich und in diesem Moment schwor sie sich, dass sie diese Familie Robbin einfach aus ihren Gedanken streichen würde. Denn dieser böse Traum war ihr Bestätigung dafür, dass sich irgendetwas unglaublich Schmerzliches hinter dieser Familie verbarg.

Steven wunderte sich nur, denn auch zwei Wochen nach ihrer Entlassung verlor Liza nicht ein Wort über die Robbins. Das machte ihm zwar etwas Sorgen, aber es war ihre Entscheidung. Liza hatte ihm nichts von ihrem Traum erzählt und auch Doktor Miller war davon nicht unterrichtet. Liza wollte nicht darüber sprechen, sie wollte ihr Glück mit Steven genießen und versuchen, die bösen Träume zu verdrängen. Sie fühlte sich wohl, wenn sie nicht immer an ihre im Dunkeln liegende Vergangenheit erinnert wurde und das sollte, wenn es nach ihr ginge, so bleiben. Es war ihr Leben, ihr Entschluss und sie bestimmte darüber ganz allein.

Bei jedem Versuch Stevens, ein Gespräch über die Robbins zu beginnen, schnitt sie ihm das Wort ab und lenkte vom Thema ab. Auch eben, als er vorsichtig fragte:

»Was meinst du, wie alt ist Juli überhaupt?«, blickte sie ihn nur freudig an und meinte ohne auf seine Frage eingehen zu wollen:

»Was ist nun mit deiner Grandma?«

Steven kannte ihre Ablenkungstaktik bereits und reagierte, wie Liza es verlangte.

»Wir können jederzeit zu ihr gehen, wenn du willst.«

Liza schaute ihn schelmisch an.

»Na, was hältst du davon, wenn wir gleich aufbrechen?«

Steven zuckte die Achseln.

»Sie ist immer da, alles was sie braucht, erledige ich für sie.«

»Wieso, kann sie das Haus nicht mehr verlassen?«

Steven ließ die Schulter sacken.

»Sie lebt sehr zurückgezogen.« Sinnierend strich er sich über die Stirn. »Ja, ich bin bei ihr aufgewachsen, aber Grandpa war vor über zehn Jahren auf tragische Weise ums Leben gekommen. Sie hat mir nie erklärt, wie es dazu gekommen war. Sie wollte mich nicht belasten. Noch immer leidet sie an dem Verlust und ich glaube, es sind Schuldgefühle die sie quälen.«

Manchmal ist es schlimm die Vergangenheit zu kennen, dachte Liza heimlich. Ich kenne sie nicht und vielleicht ist auch es besser so.

»Na, dann los!«, meinte Liza munter.

»Wir besorgen noch einen schönen Strauß Blumen und darüber wird sie sich sicherlich freuen.«

Die Tür öffnete sich einen Spalt.

»Grandma, ich bin es, Steven.«

»Schön, Junge! Warte einen Moment!«

Liza vernahm das Geräusch der Türkette und nun standen sie einer zierlichen weißhaarigen älteren Dame gegenüber.

»Oh, Steven das ist schön von dir.« Steven ließ Liza vor und sie übergab wortlos, doch mit einem Lächeln im Gesicht den großen Blumenstrauß.

»Das ist ja eine Überraschung, kommt rein!« Noch bevor sie in die Wohnung traten, stellte Steven ihr Liza vor. Und er fügte hinzu:

»Liza wollte dich unbedingt mal kennenlernen.«

»Guten Tag, ich bin Liza«, erklärte diese kurz.

Für einen Moment sah Grandma Liza mit einem eigenartigen Ausdruck im Gesicht an. Verdutzt schaute sie in ihre Augen und betrachtete Lizas blondes Haar. Grandmas Augen waren nicht mehr die besten, das wusste Steven und neckisch meinte er:

»Ja, Grandma! Liza ist wunderschön. Auch ich war und bin von ihr fasziniert.«

Grandma schüttelte sich.

»Verzeiht, kommt doch erst einmal rein. Ich dachte im ersten Moment nur ...!«

Liza fühlte sich nach dieser Musterung etwas unwohl und suchte schützend nach Stevens Hand.

»Vielen Dank«, sagte Grandma. »Ich freue mich sehr, Steven.«

Sie ging zum Stubentisch und setzte ihre Brille auf die Nase. Diesmal, etwas unauffälliger, aber doch eindeutig, musterte sie seine Liza.

»Du hast dir ja wirklich eine hübsche Braut ausgesucht.«

»Ja, ich weiß.« Steven streichelte Grandma über den Rücken und forderte liebvoll: »Setzt euch schon mal auf das Sofa. Ich werde uns einen Kaffee brühen.«

»Ja, Liza, kommen Sie! Setzen Sie sich! Steven macht das schon.«

Grandma lächelte Liza auffordernd an. Hilfesuchend warf Liza einen Blick zur Küchentür, setzte sich dann aber doch sogleich neben die alte Dame.

Die Zeit verging. Sie tranken ihren Kaffee und aßen Grandmas selbstgebackene Kekse. Steven wusste, dass sie immer Gebäck vorrätig hatte, deshalb brauchten sie auch nichts dergleichen für diesen Überraschungsbesuch besorgen. Schnell überwand Liza ihre anfängliche Scheu und Zurückhaltung gegenüber Grandma.

Und bereits nach einer Stunde saß Steven gelangweilt im Sessel und tippte suchend auf der Fernbedienung des Fernsehers herum. Liza und Grandma hatten ihr Thema gefunden. Grandma erzählte Geschichten aus Stevens Kindheit und es war schon recht lustig. Beide Frauen lachten und es sah aus, als kannten sie sich schon jahrelang. Steven schmollte, denn er musste sich alle kleineren und größeren Missgeschicke aus seiner Kindheit anhören. Stevens Wangen färbten sich leicht rötlich. Obgleich er es nicht begrüßte, dass er nun Hauptthema des Gespräches war, wollte er die amüsante Atmosphäre zwischen den beiden Frauen nicht stören und hörte schließlich gar nicht mehr hin. Völlig ungezwungen gaben sich die Frauen in ihren Gesprächen und ihn freute die Vertrautheit.

»Liza, Mädchen«, sagte Grandma plötzlich schon sehr vertraulich. »Guck mal dort in die untere Schublade und nimm die Alben heraus. Ich habe sie lange nicht angeschaut. Da lernst du Steven noch besser kennen.«

Bisher hatten beide Frauen nur über Steven erzählt. Nichts, keine Äußerung, keine Frage über Lizas Tun oder Grandmas Vergangenheit, kam über ihre Lippen. Genau aus diesem Grund war alles so harmonisch zwischen ihnen verlaufen. Doch nun wurde alles anders.

Grandma nahm das erste Album und da mehrere gleich aussahen, hatte sie jetzt eines geöffnet, dessen Bilder traurige Erinnerungen bargen. Still schaute sie auf die ersten Fotos. Liza wunderte sich ein wenig, dass die vorher so muntere und gesprächige Frau plötzlich in sich zusammengesunken und sprachlos war. Vorsichtig fragte sie, auf eines der Bilder weisend:

»Wer ist das auf dem Foto?«

Grandma antwortete nicht gleich, als ob sie sich erst sammeln müsste.

»Das ist Steven und daneben, das ist sein Großvater - mein Mann.« Die letzten beiden Worte kamen ganz leise über ihre Lippen.

Liza überkam auch ein wenig Traurigkeit, denn Grandmas Zustand übertrug sich auf sie. Außerdem musste sie daran denken, dass sie gar kein Foto aus ihrer Kindheit besaß. Ob es wohl irgendwo auch von ihr solche Bilder geben könnte?

Auch Steven war nun durch die plötzliche Stille zwischen den beiden Frauen aufmerksam geworden.

»Was habt ihr zwei denn?«, fragte er, schaltete den Apparat aus und kam zu ihnen. Als er die Alben sah, wunderte er sich, denn nie hatte Grandma in seiner Gegenwart darin geblättert.

»Ja, Junge, komm her!« Grandma schien einen Entschluss gefasst zu haben. »Auch wenn es mich noch immer schmerzt die Erinnerungen auszugraben, musst du endlich mehr darüber erfahren. Denn falls du nun selber eine Familie gründen willst, solltest du über deine Vorfahren Bescheid wissen. Ich habe dir ja noch nie genau erzählt, was mit deinem Großvater geschah!«

Steven sah seine Großmutter mit großen erstaunten Augen an und meinte, nicht recht gehört zu haben. Wollte sie nach so langen Jahren endlich reden? Hatte sie extra so lange gewartet, bis sie der Meinung war, Steven habe sein Glück gefunden - nun könne er alles über seine Vergangenheit wissen oder hatte nur Liza diese Sinnesänderung bei ihr bewirkt?

Es lag etwas Geheimnisvolles in der Luft, als sie die zweite Seite des Albums aufschlug und auf ein noch älteres Schwarzweißfoto zeigte.

»Das war dein Großvater, kurz bevor wir uns kennenlernten.« Liza sah erst das Foto mit dem darauf abgebildeten attraktiven jungen Mann und dann Steven erstaunt an.

»Dein Großvater sah ja aus wie du!«

»Ja, die Ähnlichkeit ist unverkennbar«, schluchzte Grandma.

Das Hochzeitsfoto gleich daneben betrachtete Liza mit leichter Wehmut. Was sie doch für ein hübsches Paar gewesen waren, dachte sie und Steven teilte diesen Gedanken.

»Das ist Sheeree, deine Mutter!« Grandma hatte die nächste Seite umgeblättert und Steven hatte das Gefühl, als säße ein dikker Kloß in seinem Hals. Mit leicht zitternden Händen berührte er das Foto.

»Ja, so habe ich sie in meiner Erinnerung behalten.«

»Beide, deine Mutter und Grandpa, sind auf eine für mich immer noch unfassbare tragische Art und Weise von uns gegangen. Für beide war die Zeit noch nicht reif gewesen, doch das Schicksal wollte es so.«

Liza saß stocksteif auf dem Sofa und da sie die Spannung nicht mehr aushielt, vergaß sie jegliches Feingefühl.

»Was ist denn nur passiert?«, schoss es aus ihr heraus. »Tut mir Leid!« Sie schlug sich mit der Hand auf dem Mund.

»Schon gut, Liza«, meinte Grandma. »Du kannst nicht wissen, was man empfindet, wenn die Erinnerungen an die Vergangenheit nur qualvolle Schmerzen bereiten.«

Steven riss die Augen auf und sein Wunsch, Grandma die Worte zu verbieten, wurde immer stärker. Sie wusste doch nicht, welches Leid Liza zu tragen hatte, da sie ihre Vergangenheit nicht kannte. Es war ebenso schlimm. Steven musterte Liza und er erkannte, welchen Schock Grandma in ihr ausgelöst hatte. Doch unerwartet blieb Liza ganz ruhig sitzen und nahm diese Erklärung auf. Lizas Anstand ließ sie Grandmas Unwissenheit verzeihen. Steven atmete auf. Ungeachtet der im Raum herrschenden Anspannung fuhr Grandma in ihren Ausführungen fort. Sie war so vertieft und sie zeigte auf ein Gruppenfoto.

»Dieses Foto zeigt alle Menschen, die mir im Leben alles bedeutet haben.« Sie fuhr mit dem Finger von links nach rechts.

»Das ist Grandpa, dann ich, meine Tochter, du Steven …«
Sie blickte kurz auf und erhielt von Liza und Steven das interessierte Lächeln, das sie sich erhoffte. Ihr Blick sank wieder.

»Das war meine beste Freundin, wir kannten uns schon seit der Schule, ihr Ehemann, deren Tochter und Mann und das Enkelkind meiner Schulfreundin.« Grandma hielt inne und versank in ein nachdenkliches Schweigen, oder nein - es war tiefe Trauer!
Steven und Liza schmiegten sich tröstend wollend an Grandma und niemand sprach ein Wort. Denn noch immer wussten sie nicht, was das alles bedeutete. Jetzt ergriff Steven die Initiative und fragte leise:

»Sag uns bitte, was passiert ist?!«
Steven sprach Liza aus der Seele, denn auch sie fieberte der Wahrheit entgegen. Doch wie hätte sie jemals ahnen können, was sie mit ihrer Neugierde heraufbeschwor?

»Fast alle«, begann Grandma, » … habe ich an einem Tag, auf einen Schlag verloren.« Liza und Steven stockte der Atem. »Der geplante Tagesausflug mit einem Bus endete in einem Grauen und ich war nicht dabei gewesen. Am Morgen bekam ich meine Migräne nicht in den Griff und meine Worte: - Ihr könnt auch ohne mich fahren! - quälen mich nun bereits zehn Jahre lang. Es war doch unser Hochzeitstag und wir wollten ihn mit diesem Ausflug krönen. Und nun konnte ich nicht mit, weil ich mich mit diesen Kopfschmerzen nicht auf den Beinen halten konnte. Mein Mann und unsere Gäste wollten nicht fahren - aber ich drängte sie zu diesem Ausflug, weil ich ihnen nicht den Spaß verderben wollte. Außerdem dachte ich, dass diese Migräne schneller von mir weichen würde, wenn ich etwas Ruhe hätte. Also zogen sie etwas widerwillig los und auf der Rückfahrt passierte es dann auf einer kurvenreichen Straße an den Klippen. Alle stürzten in ...«

»Den Tod?«, beendete Liza.
»Nein!«, meinte Grandma.

»Nein?« Es war wie ein gleichzeitiger Aufschrei. Steven und Liza waren gefesselt wie in einem Film, der durch die Werbung unterbrochen wurde. Grandma schüttelte den Kopf. Liza atmete auf. »Steven, du lebst, du konntest dich also retten?«
Grandma erklärte.
»Nein, Steven war zu einem wichtigen Sportwettkampf und deswegen gar nicht im Bus.
»Wer überlebte denn dann?«, wagte Steven zu fragen.
»Na die beiden Mädchen, die ganz hinten im Bus saßen, konnten sich in letzter Minute retten.«
Steven zog die Stirn kraus und wiederholte:
»Die beiden Mädchen?« Grandma nickte wortlos und zeigte beiden den Zeitungsartikel, den sie auf der nächsten Seite eingeklebt hatte. Steven las laut:
»Ein vollbesetzter Reisebus stürzte, nachdem ihm auf kurvenreicher Straße ein Reifen platzte, über die Klippen. Von den 32 Insassen überlebten nur zwei Kinder, die sich in letzter Sekunde aus dem Todeswrack befreien konnten. Für alle anderen Personen kam jegliche Hilfe zu spät.«
Steven ließ das Album auf seinen Schoß sinken.
»Wer waren die Mädchen? War eins davon die Enkelin deiner besten Freundin auf dem Foto?« Grandma schluchzte laut.
»Beides waren ihre Enkelkinder. Das Foto ist etwas älter und somit zeigt es nur die ältere Enkeltochter. Das kleinere Mädchen war zum Zeitpunkt des Unglücks gerade ein Jahr alt.«
Grandma und Steven hatten nicht bemerkt, dass Liza mit angezogenen Beinen, den Kopf auf ihre Knie gelegt, seit einigen Minuten schier abwesend mit den Gedanken kämpfte. Steven konnte Lizas Gesicht nicht sehen, denn ihr langes Haar verdeckte es völlig. Er glaubte, dass Liza weinte, denn Grandmas Geschichte war doch sehr ergreifend. Doch er irrte sich gewaltig!
Grandma legte ihren Arm um Liza und meinte tröstend:
»Liza, all das ist schlimm, ich weiß. Ich muss es überwinden und ich bin froh, dass ich heute darüber sprechen konnte. Es befreit mich. Aber nun ist es vorbei, Liza!«
Liza zeigte zuerst keine Reaktion darauf und Steven hockte sich neben sie. Er wiederholte Grandmas Worte. »Liza, es ist vorbei!«
Langsam hob Liza den Kopf. Ihr Gesicht war stark entstellt und verzerrt.
»Vorbei!?«, schluchzte sie. »Nichts ist vorbei, Steven! Ich spüre es ganz deutlich, nein, ich weiß es ganz genau - ich saß in diesem Bus!«

Steven traute seinen Ohren nicht und er bemerkte, wie Lizas Körper butterweich wurde. Und ohne seinen Halt, wäre Liza vom Sofa gefallen. Wie in einer Art Trance erlebte sie jetzt den grausamsten Traum ihrer bisherigen Träume ...

-Schreie und Gewimmer! Liza wollte sich die Ohren zuhalten, doch sie konnte es nicht. Diesmal umgab sie keine Dunkelheit - es war taghell und sie sah die Insassen des Busses ganz deutlich. Mit hilfeflehendem Ausdruck schrieen sie vor Angst - vor Todesangst! Doch niemand wagte sich von seinem Platz, denn der Boden unter den Füßen schwankte. Und mit jeder starken Schwingung verhallten die Schreie und eine beängstigende Stille folgte. Liza hielt ihre kleine Schwester im Arm und starrte auf die anderen Menschen im Bus. Dann hörte sie eine Frauenstimme, die zu ihr sprach: »Liza, steh` ganz vorsichtig auf und nimm das kleine Beil von dort oben!«

Liza war immer gehorsam und auch jetzt folgte sie der Anweisung.

»Schlag` damit die Scheibe kaputt, schnell! Ich erlaube es dir. Mach schnell! Ganz schnell!«

Liza schmetterte das kleine Beil durch die Heckscheibe und diese zersplitterte in tausend und aber tausend kleine Teile. Gleich darauf wurde es ohrenbetäubend laut im Bus. Der Boden unter den Füßen schwankte stark und Liza konnte in der Geräuschkulisse, die aus Schreien und Rufen bestand, die besagte Frauenstimme nicht herausfiltern, die ihr doch weitere Anweisungen geben sollte. Stattdessen schrie auch sie laut vor Angst getrieben und der Bus bewegte sich immer weiter in die Vertikale. Die anderen Insassen krochen auf Liza zu und dieses Knäuel Menschen im vorderen Teil des Busses, hob das Heck empor. Instinktiv griff Liza ihre kleine Schwester, die bereits vom Sitz gefallen war und klemmte diese, wie sie ihren dicken Teddy sonst, unter den Arm, zog sich an der Sitzlehne hoch und sprang kurzerhand durch das Loch in der zerschmetterten Heckscheibe. Sogleich, als sie auf die Straße schlug, hörte sie ein schleifendes Geräusch, gemischt mit den Angstschreien der noch im Bus befindlichen Personen. Sie drehte sich um und sie sah, wie der Bus kopfüber in die Tiefe stürzte. Es war, als winkte er ihr zu! Doch es waren die wedelnden Arme deren, die es noch bis zum Heck geschafft hatten und nun mit hinunter in den Tod sanken ...

Liza dachte, sie befände sich in einem Traum, doch als das Schreien der Opfer nach einigen Sekunden verstummte, weckte sie ein nahes Wimmern und Weinen.

»Jessy!«

Blutüberströmt lag ihre kleine Schwester unweit von ihr im Gras. Auf allen Vieren kroch sie zu ihr hinüber und presste diese fest an sich. Mit aller Kraft und tief aus ihrem Inneren schrie sie laut, denn sie verstand nun was wirklich passiert war. »Mama! Papa!« Liza rannte und rannte. Der Weg war beschwerlich und es war dämmrig. Unter ihren Füßen knackte und knirschte es gespenstisch. Jeden Moment dachte sie, sie würde fallen. Doch auch wenn ihre Beine des Öfteren wegknickten, rannte sie trotzdem weiter. In ihren Armen hielt sie ihre Schwester, die wimmerte und ihre Schmerzen nicht mehr durch lautes Geschrei äußern konnte. Dazu fehlte ihr die Kraft. Liza merkte, wie sie ihre Kräfte verließen. Mit Tränen in den Augen blickte sie immer nach vorn und erspähte ein Licht in der Ferne.

»Ich lass dich nicht los, keine Angst«, sprach sie und wollte ihre Schwester damit beruhigen. Jessy drohte ihr aus den Armen zu gleiten, doch Liza hielt sie fest. »Wir schaffen es. Dort ist ein Haus!« Sie schnaufte. »Gleich, gleich sind wir da.« Dann schloss sie die Augen und rannte blind weiter. »Hilfe, helft uns doch ...!« Dann hörte sie, dass jemand sie rief und leicht schüttelte. Liza öffnete die Augen und fühlte Stevens starke Arme, die sie hielten. Sie wusste für einen Moment gar nicht, wo sie sich befand. Steven schaute sie besorgt an. Wieder einmal hatte er sie aus einem dieser albtraumartigen Zustände erlöst. Doch diesmal war alles anders! Liza hatte deutlich ein Stück ihrer wahren Vergangenheit gesehen und erlebt.

Grandma fühlte sich schuldig und sie weinte, als sie Liza so sah. Das hatte sie nicht gewollt, und wie hätte sie Liza nach all den Jahren sofort wiedererkennen sollen?

Als Liza ihre Wohnung betrat und sie anlächelte, waren ihr dieses Gesicht, diese blonden Haare irgendwie vertraut vorgekommen. Dieses Gefühl hatte sie überrascht. Aber auch, als sie Liza nochmals genauer betrachtete, kam ihr keine Erleuchtung und sie glaubte, sich getäuscht zu haben.

Steven legte Liza auf das Sofa. Sie war völlig erschöpft und brauchte Ruhe. Auch wenn sie nicht schlafen würde, so ließen sie Grandma und Steven doch allein. Steven erklärte Grandma alles, was er von Liza wusste; der Unfall, die lange Zeit, die sie im Koma lag und wie sie nun ohne Erinnerungen und mit widersprüchlichen Zweifeln in sich leben musste. Grandma hätte vor Schuldgefühlen in den Boden versinken mögen, denn sie musste jetzt den Verbleib der Mädchen nach dem Busunglück erklären.

Liza war da gerade zehn Jahre alt, doch ihre Schwester war noch ein Baby! Grandma schämte sich, als sie Steven beichtete, dass sie sich damals nicht in der Lage fühlte, die Mädchen bei sich aufzunehmen. Grandma war damals schon nicht mehr die jüngste und zu ihrem Glück war Steven aus dem Gröbsten raus. Oft dachte sie, dass sie Liza hätte bei sich aufnehmen können. Sie war schon in einem Alter, wo sie nicht mehr die Probleme und die Arbeit wie ihre kleine Schwester verursachen würde. Allerdings hätte man für Liza sicherlich psychologische Betreuung benötigt, damit sie das schlimme Erlebnis verarbeiten konnte. Grandma wollte diese Aufgabe, diese Belastung nicht auf sich nehmen. Ihr eigener Schmerz fraß an ihr und sie hatte Mühe, genügend Kraft für Stevens Erziehung und Versorgung aufzubringen. Vielleicht hätte Grandma das Sorgerecht für die zwei Mädchen auch gar nicht mehr bekommen - auf Grund ihres hohen Alters und auch weil sie keine Verwandte war. Aber sie hatte es nicht einmal versucht! Sie wollte die Mädchen auf gar keinen Fall trennen. Vielleicht hätte sie Liza zugesprochen bekommen. Aber aus Angst davor, einen Fehler zu machen, bemühte sie sich erst gar nicht um die Adoption. Sie überließ alles Weitere den Behörden. Die Mädchen kamen ins Heim und obwohl Grandma niemand einen Vorwurf machte, wuchsen ihre Schuldgefühle ihrer verunglückten Freundin gegenüber so stark, dass sie heimlich zu Beruhigungsmitteln griff, wie Stevens Mutter es tat. Aber sie schaffte den Absprung. Doch dieser gelingt nur, wenn man sich selbst vor dem Auslöser der Sucht schützen würde. So kam es, dass sie nicht einmal mehr Kontakt zu den Kindern suchte. Nur so konnte sie vergessen, das glaubte sie jedenfalls.

Äußerst schonend erklärten Grandma und Steven dann auch Liza dieses Geheimnis. Und Liza konnte Grandma nicht böse sein. Nein, sie verstand deren damalige Lage. Immerhin hatte sie Steven bereits aufgenommen und viele Jahre liebevoll für ihn gesorgt. Liza konnte ihr dafür nur dankbar sein.

Liza versank in Nachdenken.

»So war das also«, murmelte sie. »Deshalb hat mich auch niemand vermisst und nach mir gesucht. Von meiner Familie ist ja niemand mehr übriggeblieben. Alle tot«, schluchzte sie.

Ihre Augen funkelten und es waren nicht nur Tränen die sich darin sammelten. Der Ausdruck in ihrem Gesicht verriet Steven ihre tiefe Zuneigung zu ihm und die Freude und das Glück, dass sie sich mit ihm erhoffte.

»Ich werde sie suchen!«, meinte Liza entschlossen.

»Wir werden sie finden«, flüsterte Steven.

Liza weinte. Sie wusste nicht, ob es Tränen der Trauer oder der Freude waren. »Zuerst fragen wir Doktor Miller um Rat. Er hat sicherlich Unterlagen in denen wir genaue Standorte von Waisenhäusern finden können.«

Nun schaute er Liza in die Augen.

»Ich denke, mit seiner Hilfe werden wir den Faden finden dem wir folgen müssen, um ans Ziel zu gelangen.«

Steven küsste Liza auf den Mund und der schmeckte nach dem Wasser der Traurigkeit und der Hoffnung ...?

Steven und Liza hatten keine Ahnung welch steiniger und schwerer Weg vor ihnen lag. Jetzt wussten sie, wer Liza war, aber weswegen hatte sie niemand gesucht? Es gab nur eine Erklärung und damit mussten sie sich abfinden. Sicherlich hatte Liza niemand adoptiert und sie hatte das Waisenhaus vermutlich erst verlassen, als sie erwachsen war.

Hatte Liza keine Bezugsperson? War sie sogleich auf sich alleingestellt? Sie war bildhübsch. Hatte sich kein Mann für sie interessiert? Was war des Rätsels Lösung? Diese Fragen blieben unbeantwortet und nun hatte die Suche nach Lizas Schwester erst einmal Vorrang.

Doktor Miller ließ alles Behördliche in die Wege leiten. Anhand Grandmas Namensliste, die die Namen aller Verwandten von Liza enthielt, begann man mit den Nachforschungen. Und unglaublich schnell hielt Liza ihren neuen Pass in den Händen. Von nun an würde sie ihren richtigen Namen, Tracy Marsh, tragen.

Trotz der Euphorie, die sie anfänglich ausstrahlte, war auch tiefe Wehmut in ihr, als sie ihren Namen immer und immer wieder laut las. Still kam es in ihr hoch: Ihre Eltern, Billy und Andrey Marsh, sowie ihre Großeltern väterlicherseits, Brendon und Camilla Marsh, lebten nicht mehr. Sie waren allesamt bei dem Busunglück ums Leben gekommen. Ihre Großeltern mütterlicherseits, Sean und Sahra Harris, waren schon vor längerer Zeit verstorben. Da es keine Anhaltpunkte auf andere Verwandte gab, mussten Tracys Eltern wohl Einzelkinder gewesen sein. Ihre Schwester, Jessy lebte wohl irgendwo in einem Waisenhaus und sie wollte alles unternehmen, um sie zu finden.

Doktor Millers Nachforschungen hatten Erfolg. Tracy erfuhr, in welchem Waisenhaus sie bis zu ihrem achtzehnten Geburtstag gewesen war und schnellstens wollte sie es zusammen mit Steven aufsuchen. Erst auf dem Weg dorthin, als Steven und Tracy nebeneinander im Bus saßen, wurde ihr bewusst, dass sie heute ihre Schwester wiedersehen würde. Schlagartig überkam sie ein Gefühl der Freude und Angst zugleich. Würden sie sich auf Anhieb wie Schwestern, die sich lange nicht gesehen hatten, in die Arme nehmen können?

Die Leiterin des Heimes, Mrs. Bourg, war sehr freundlich. Es kam äußerst selten vor, dass ehemalige Kinder des Hauses, nach ihrer Entlassung, hier zurückkehrten. Die meisten wollten nichts mehr sehen und hören davon und lebten nun ihr eigenes Leben. Nachdem sich Tracy mit Hilfe ihres neuen Passes ausgewiesen hatte und kurz von ihrem jetzigen Leben - dem Unfall und dem Gedächtnisverlust - erzählt hatte, holte Mrs. Bourg Tracys alte Akte aus dem Schrank. Diese war noch da, denn einige Jahre mussten die Unterlagen aufbewahrt werden.

»Das ist sehr bedauerlich, dass Sie unter Amnesie leiden, Miss Marsh. Hier sind die Unterlagen«, meinte die Leiterin und gab sie Tracy zur Einsichtnahme.

»Wenn ich Sie mir so genau betrachte, möchte ich meinen, dass ich Sie wiedererkenne. Mittlerweile sind Sie zu einer sehr attraktiven jungen Dame herangewachsen«, fügte Mrs. Bourg stolz hinzu. Denn immerhin war es ja auch ein Verdienst des Waisenhauses, wenn seine Schützlinge sich später im Leben zurechtfinden. Tracy schmunzelte und nahm das Kompliment gern an. Sie blätterte in der Akte, aber etwas schien ihr zu missfallen. Sie krauste die Stirn.

»Was suchen Sie, Miss Marsh?«, fragte Mrs. Bourg und sah Tracy skeptisch an.

Endlich hob Tracy den Kopf und meinte nervös:

»Da steht nur was über mich drin?«

»Es ist doch auch Ihre Akte, Miss Marsh«, erklärte die Leiterin kurz.

»Ja, aber ...«, begann Tracy und griff sich an die Stirn. »Ich dachte, wir würden beide irgendwie in einer Akte geführt werden.«

Tracy pustete wie erleichtert die Luft aus ihren Lungen und meinte ganz selbstverständlich:

»Dann habe ich eben falsch gedacht. Zeigen Sie mir bitte die Unterlagen meiner Schwester! Man hat also eine Extraakte für sie angelegt. Ich war der Annahme, dass Geschwister ...«

»Geschwister? Entschuldigen Sie bitte, dass ich Sie unterbreche«, hakte Mrs. Bourg ein. Tracy nickte und lächelte die Frau an.

»Meine Schwester, Jessy, meine ich natürlich. Sie war damals knapp ein Jahr alt.«

Mrs. Bourg benötigte einige Sekunden um sich zu sammeln, bevor sie fragte:

»Sie sind also hierhergekommen, um ihre Schwester zu besuchen?«

Tracy zog die Brauen hoch.

»Hatte ich das nicht gesagt?«, fragte sie unsicher klingend.

Die Leiterin schüttelte den Kopf.

»Das haben Sie nicht.«

Tracys Gesicht verzerrte sich, sie bemerkte, dass hier irgendwas nicht stimmte.

»Und was soll das nun heißen, Mrs. Bourg? Wo ist Jessy, wo ist ihre Akte? Bevor ich sie kennenlerne, möchte ich ein paar Anhaltspunkte haben - vielleicht ein aktuelleres Foto - damit ich mich auf ein Wiedersehen vorbereiten kann. Verstehen Sie das?«

Mrs. Bourg wusste nicht recht, wie sie jetzt reagieren sollte.

»Miss Marsh, ihre Schwester hat nicht solch eine Akte wie Sie.«

Deutlich sah sie die Mädchen jetzt vor Augen und erinnerte sich an das Geschwisterpaar, Jessy und Tracy, das vor vielen Jahren hier für eine Aufnahme vorgestellt wurde. Die beiden Mädchen hatten Schnittverletzungen die von einem Unfall herstammten, aber diese waren gut versorgt worden. Schlagartig wurde Mrs. Bourg bewusst, dass diese junge Frau, Tracy Marsh, da sie unter Amnesie litt, keine Ahnung hatte, von dem, was damals geschehen war. Wie sollte sie ihr nur die Wahrheit sagen?

»Miss Marsh, ihre Schwester ...« »Ja ..., was ist mit ihr?«, hakte Tracy sogleich nach und in ihren Augen glitzerten Tränen.

Mrs. Bourg verstand Tracys Reaktion und sie ahnte, welche schmerzlichen Gefühle sich in Tracy auftürmten. Sie erhob sich und suchte einen anderen Ordner.

»Manchmal passiert folgendes, Miss Marsh!«, begann sie und suchte weiter in der ihr nun vorliegenden Akte.

»Sie sagten, dass ihre Schwester erst ein Jahr gewesen ...«

»Nein, ich will es nicht hören!«, fuhr Tracy sie forsch an.

»Doch Tracy, lass Mrs. Bourg reden!«, mischte sich Steven nun ein. »Wir sind hierhergekommen, um die Wahrheit zu erfahren. Du kannst deine Ohren jetzt nicht verschließen, auch wenn es wehtut!«

Mrs. Bourg sprach weiter, denn Tracy gab sich einsichtig und nickte ihr zu.

»Eigentlich darf ich Ihnen das nicht sagen, aber heute mache ich eine Ausnahme. Ich glaube, die Umstände, die Sie zu mir führten, berechtigen mich dazu noch einen Schritt weitergehen zu dürfen, als üblich. Es ist so, dass viele, viele Eltern, die kinderlos sind, nur auf solch einen `glücklichen` Fall warten. Hier steht es; ihre Schwester kam sofort in eine Pflegefamilie und da sich diese hervorragend eignete und nur positive Eindrücke hinterließ, blieb die Kleine dort.«

Mit piepsender Stimme fragte Tracy: »Einfach so? Sie haben uns einfach so, einfach so, ... getrennt?«

Mitfühlend nickte Mrs. Bourg.

»Wir sind glücklich, wenn Kinder ein gutes Zuhause finden, das verstehen Sie sicherlich?« Tracy schluchzte.

»Ja, aber ..., ich hoffte doch so sehr ...«, stotterte sie. Dann erholte sie sich schnell und holte befreiend Luft.

»Na gut, ich muss es eben hinnehmen. Es ist schmerzlich, aber nicht zu ändern«, meinte sie einsichtig. Wie selbstverständlich fragte Tracy nun: »Wo ist meine Schwester also?«

Mrs. Bourg legte ganz unerwartet die Akte beiseite und legte unerklärlicherweise den Finger auf ihre Lippen.

»Miss Marsh, es tut mir Leid! Aber um Ihnen Auskunft darüber zu geben, dazu bin ich nun wirklich nicht befugt!«

Mrs. Bourg stand am Ende ihrer Ausführungen und für Tracy und Steven war das wie ein Schlag ins Gesicht.

»Was???«, schrie Tracy sie an. »Sie wollen mir doch damit nicht etwa sagen, dass Sie hier aufhören wollen?«

Mrs. Bourg nickte nur wortlos und legte die Hand schützen wollend auf die Akte. Das wollte Tracy aber nicht so hinnehmen. Schnell sprang sie auf und wollte Mrs. Bourg die Akte unter den Fingern entreißen, doch Steven hielt sie im letzten Moment davon ab. Er löste Tracys Hand von dieser Frau.

»Tracy, so geht das nicht! Beruhige dich!«

Tracy verstand die Welt nicht mehr.

»Aber, sie will uns nicht ...« »Ich weiß, aber so geht das auch nicht. Sie wird ihre Gründe haben«, ermahnte er Tracy.

»Gründe???« Tracy war außer sich und brüllte die Frau an: »Sie haben kein Herz! Sie sind gefühllos ... und hier musste ich aufwachsen? Ich bin froh, dass ich mich nicht daran erinnern kann. Sie sind ja ein Monster!«

Mrs. Bourg hielt die Akte immer noch fest und hilfesuchend blickte sie Steven an.

»Vorschriften! Gesetze!«, versuchte sie zu erklären. »Das hier, kann mich schon meinen Job kosten! Ich bereue es, Ihnen so viel gesagt zu haben.«

Beschwichtigend versuchte Steven die Sachlage zu retten und als er Tracy mit ganzer Kraft zu sich zu drehen versuchte, meinte er mit ruhigen Worten:

»Ich kenne die Gesetze nicht, aber ich kann nicht glauben, dass es Unrecht und gesetzeswidrig ist, dass Tracy ihre Schwester kennen lernt. Sie verstehen uns doch auch, das hoffe ich!«

Schockiert starrte die Frau Steven an und abschließend meinte sie leise:

»Ich verstehe Sie, aber ich bin wirklich nicht befugt.«

Steven zog Tracy aus dem Büro. Er wusste, was sie durchmachte, doch wieder hatte das Negative gesiegt. Wie oft hatte er Tracy leiden sehen müssen. Nun auch jetzt! Es war schmerzlich, doch es war vorerst nicht zu ändern.

Tracy war wie am Boden zerschlagen und noch am selben Abend wurde Doktor Miller von diesem Vorfall unterrichtet. Auch er hatte sich für diesen Tag einen positiven Ausgang erhofft und er fühlte sich niedergeschlagen, als er Tracy so unglücklich sah. Doktor Miller bereute seinen Fehler. Er hatte Erkundigungen angestellt, in welchem Waisenhaus Tracy aufgewachsen war. Nach dem Verbleib ihrer Schwester, Jessy, hatte er nicht geforscht. Das war ein unverzeihlicher Fehler in seinen Augen und er bot wie immer seine Hilfe an. Per Gerichtsbeschluss wollte er erwirken, dass Tracy ihre Schwester wieder sehen durfte. So stand es im Gesetz: Sobald ein Geschwisterkind volljährig sei, hätte es ein Recht dazu. Mrs. Bourgs Angst vor eventuellen Konsequenzen war wohl größer gewesen, als ihre Kenntnisse über das Gesetz der Geschwisterzusammenführung. Er war schockiert über das Verhalten der Frau. Es würde nun sicherlich einige Zeit dauern bis Doktor Millers Bemühungen Erfolg haben würden. Soweit es ging, wollte er Tracy aus allem raushalten und Steven sollte sie in dieser Zeit beruhigen und ablenken.

Die ersten Krokusse blühten und sie deuteten das Ende des langen Winters an. Tracys und Stevens Spaziergänge wurden länger und das Gezwitscher hoch in den Baumkronen beflügelte ihre Liebe zueinander. Tracy brauchte Stevens Liebe, denn nur so konnte sie die Zeit des Abwartens ertragen. Nach und nach hatte sie ihre Albträume wieder im Griff. Diese waren zurückgekehrt und hatten sie maßlos gequält. Doch endlich schienen sie zu verebben, denn Tracy hatte nicht nur Steven und Doktor Miller. Jedes zweite Wochenende trafen sich Tracy und Steven mit Nick und Susan. Sie gingen Kegeln, ins Kino oder besuchten Cafe`s. Keine Spannungen lagen zwischen ihnen, denn Nicks Ausrutscher war vergessen. Nick war frei von allen Zwängen und Schuldgefühlen, denn er war immer noch ahnungslos darüber, was er angerichtet hatte. Sie sprachen das Thema, das Tracy und Steven momentan zermarterte nicht an und sie gaben sich gelassen und fröhlich.

Jeden Tag wartete Doktor Miller auf den wichtigen Brief, der Tracy die Türen zu ihrer Schwester öffnen würde. Doch nichts dergleichen geschah.

Eines Tages aber, erhielt Doktor Miller einen seltsamen Anruf von Mrs. Robbin. Verblüfft nahm er ihr Anliegen entgegen, denn sie wollte einen Gesprächstermin mit ihm vereinbaren. Mrs. Robbin wusste nichts von der Verbindung Doktor Millers und Tracy. Sie erwähnte auch nichts. War Mrs. Robbin schier ahnungslos oder hatte sie erfahren, dass Tracy für ihn arbeitete und wollte auf diese Art und Weise an Tracy herantreten, da diese sich ja nicht blicken ließ? Doktor Miller würde es schon herausfinden, so dachte er, doch er konnte ihr keinen kurzfristigen Termin geben, da sein Terminkalender keine Lücke aufwies. Mrs. Robbin war trotzdem zufrieden.

Am folgenden Mittwochabend, als Nick, Susan und Tracy – diesmal würde es bei Steven noch etwas dauern, bis er dann nachkäme - wieder in einem Lokal beisammensaßen, öffnete Doktor Miller seine Postsendungen. Wie immer waren zahlreiche kleine Aufmerksamkeiten darunter, die er von seinen vermögenden Patientinnen, als »Dankeschön« erhielt. Obgleich er sich niemals persönlich bei den Frauen bedankt hatte, auch wenn sie ihn zum nächsten Termin mit versteckten Fragen dazu ermunterten, nahm der Berg von Geschenken nicht ab. Es waren nicht nur die Geschenke, auf die Doktor Miller nicht reagierte – auch die Liebesbriefe, die nach den allerteuersten Parfüms rochen, sortierte er nicht nach Namen in bestimmte Schubladen. Er wollte nur seine Arbeit machen und an solchen Frauen, hatte er sowieso kein Interesse ... Er träumte immer nur von seiner Exfrau, Lynn! Gerade in diesem Moment, als die drei Freunde im Lokal ihre Weingläser erhoben und sich zuprosteten, öffnete Doktor Miller den langersehnten Briefumschlag. Sein Herz pochte laut, denn seine Bemühungen für Tracy ihre Schwester zu finden, waren von Erfolg gekrönt. Doch Doktor Millers Stirn übersäte sich mit Falten, als er den Brief studierte. Er konnte es einfach nicht fassen. Es war unglaublich, was darin stand. Im nächsten Moment wusste er sich keinen Rat, doch schnell fand er eine Lösung und schmiedete einen Plan. Sicher war er sich nicht, ob er so handeln sollte, doch er musste es versuchen ...

Nichts ahnend von Doktor Millers momentanen Gedanken planten Susan, Nick und Tracy heimlich Stevens Geburtstagsparty. Noch war er nicht gekommen und diese Zeit wollten sie nutzen. Sie waren überzeugt, dass ihre Überraschung Steven erfreuen würde. Als Steven dann kam, verstummten ihre Münder.

Am nächsten Morgen, nach der endgültigen Absprache und Planung der tollen Party, weihte Tracy auch Doktor Miller ein. Dieser fand die Idee einfach fantastisch, und schneller, als er je zu glauben hoffte, konnte er seinen Plan ausführen, denn es passte hervorragend! Nach etwa einer halben Stunde schlug Doktor Miller Tracy vor:

»Tracy! Für das Anfertigen der Einladungskarten können Sie gleich morgen Mittag den Computer in meinem Besprechungszimmer benutzen. Im Drucker ist eine Farbpatrone. Damit können Sie wunderschöne Karten herstellen. Ich glaub`, der Computer hat so ein Programm, das Ihnen dabei behilflich sein kann.«

Tracy wunderte sich zuerst, doch Doktor Miller war immer hilfsbereit. Sie kannte keine andere Seite an ihm. Schnell nahm sie dieses Angebot an, denn solch ein Programm fand sie in ihrem PC nicht und eine Farbpatrone kostete etwa das Doppelte einer schwarzen.

Die Zeit schien stehengeblieben zu sein, als Tracy am folgenden Tag Doktor Millers Schreiben tippte. Doch endlich verschmolzen beide Zeiger der Uhr - es war Punkt zwölf. Sekunden später saß Tracy an Doktor Millers Schreibtisch, und sie schaltete den Computer an. Sie war nervös, denn sie wusste, dass sie nur neunzig Minuten hatte, denn dann würde laut Terminkalender, die nächste frustrierte Ehefrau ihren Chef `benötigen`.

Schnell fand Tracy das besagte Programm und begann die Karten zu gestalten. Doch ganz unerwartet hörte Tracy nun Stimmen, die aus dem Vorzimmer drangen. Verdutzt schaute sie auf die Uhr – halb eins!

»Gehen Sie bitte schon rein!«, hörte Tracy deutlich und hob erschrocken den Kopf. Die Tür öffnete sich und eine ihr bekannte Person betrat das Besprechungszimmer.

»Was ...«, begann die Frau.

»Was machen Sie ...«, stockte Tracy nun auch. Tracy errötete und wiederholte: »Was machen Sie denn hier?«

»Sie nehmen mir meine Frage«, meinte Mrs. Robbin überrascht.

Tracy überkam ein Kribbeln und sie schaltete abrupt den Monitor aus und erhob sich.

»Ich wusste nicht, dass Doktor Miller einen Termin um diese Zeit ...«

Mrs. Robbin lächelte nun und ging auf Tracy zu.

»Ich freue mich Sie wiederzusehen, Miss Hills!«

Selbstverständlich wusste Mrs. Robbin nicht, dass Tracy nun ihren richtigen Namen, Marsh, trug.

Hilfesuchend blickte Tracy zur Tür, doch Doktor Miller war nicht zu erspähen.

»Ich ..., ich freue, freue mich auch, Mrs. Robbin«, stotterte Tracy und meinte selbstverständlich: »Bitte setzen Sie sich doch! Ich werde Doktor Miller informieren, dass Sie bereits hier sind.«

»Er weiß es, ich sollte schon hineingehen!«, hakte Mrs. Robbin ein.

Tracy fühlte sich überrumpelt. Was hatte Doktor Miller damit bezweckt? Er wusste doch, dass sie hier drin war.

Mrs. Robbin setzte sich und ihr Lächeln wich nicht aus ihrem Gesicht.

»Arbeiten Sie jetzt bei Doktor Miller?«, fragte sie.

»Hmm«, gab Tracy etwas unwirsch zurück. Sie ärgerte sich noch immer über die plötzliche Störung. Wieso hatte Doktor Miller Mrs. Robbin um diese Zeit herbestellt? War es Absicht, weil Tracy nie der Einladung der Familie Robbin gefolgt war? Nur - was ging das Doktor Miller an? Ober war Mrs. Robbin schon länger seine Patientin und hatte mit ihm bereits darüber gesprochen und er hatte dieses Treffen organisiert? Doch wozu? Wollte sie eine Erklärung von Tracy, warum sich diese nie wieder um das Kind, das sie doch gerettet hatte, bemühte? Was aber sollte ihr, Tracy, so eine Erklärung nutzen?

Mrs. Robbins Mund lächelte noch immer, doch ihre Augen blickten ins Leere und sie wurde sichtlich nervös. Unruhig rutschte sie auf ihrem Platz hin und her und knetete mit den Händen ihr Taschentuch zu einem festen Ball. Tracy, die Mrs. Robbin aus ihren Augenwinkeln beobachtete, wunderte sich. Was wollte eine Frau wie Mrs. Robbin, die einen - wie Tracy fand - netten Ehemann, ein liebes Töchterchen und ein schönes Wohnhaus hatte bei Doktor Miller? Welches Problem beherrschte diese Frau so, dass sie damit augenscheinlich nicht fertig wurde?

»Mrs. Robbin, ist Ihnen nicht gut?«, fragte sie fürsorglich.

»Nein, nein, es geht schon«, antwortete diese sichtlich erschrocken. Doch plötzlich füllten sich ihre Augen mit Tränen und sie schluchzte laut. Einer innerlichen Eingebung folgend stand Tracy auf, setzte sich neben Mrs. Robbin und legte ihr den Arm um die Schultern, was diese sich auch widerstandslos gefallen ließ. Es war gerade so, als wenn sie Trost und körperliche Nähe eines Menschen brauchte. Tracys spontane Umarmung schien ihr gutzutun, denn sie wurde sichtlich ruhiger. Tracy griff nun vorsichtig nach Mrs. Robbins Hand und hielt diese fest.

»Mrs. Robbin, was haben Sie nur? Kann ich Ihnen irgendwie helfen, bevor sich Doktor Miller um Sie kümmern kann?«, fragte Tracy ehrlich betroffen.

»Ach, ich glaube nicht, dass mir überhaupt jemand helfen kann«, flüsterte Mrs. Robbin. »Meine Therapeutin hat es schon versucht und ich war bei ihr in Behandlung, aber bis jetzt gab es wenig Erfolg. Nun ging sie vorzeitig in den Ruhestand und Doktor Miller war der Einzige, der mir kurzfristiger einen Termin geben konnte. Eigentlich ist dieser ja erst in der übernächsten Woche, denn Doktor Millers Terminkalender war bis dahin voll. Doch dann erhielt ich gestern von ihm einen Anruf und er bestellte mich für heute und um diese Zeit hierher.«

Wie bitte, dachte Tracy, er hat Mrs. Robbin extra um diese Zeit hierherbestellt, obwohl er doch genau wusste und mit ihr genau abgesprochen hatte, dass sie ungestört am Computer arbeiten wollte? Also war diese Zusammenkunft wirklich von ihm gewollt und bewusst organisiert ...?? Was wollte er aber damit bezwecken? Nie hätte Tracy gedacht, dass sie Mrs. Robbin auf diese Art und Weise wiedertreffen würde.

Nun saßen sie schweigend und noch immer Hand in Hand nebeneinander und Tracys Ahnung, dass sich Doktor Miller vorläufig nicht sehen lassen würde, wuchs. Sie musste etwas tun, denn sie wollte nicht, dass Mrs. Robbin wieder in Verzweiflung fiel und sie allein lassen und nach Doktor Miller suchen wollte sie auch nicht.

»Mrs. Robbin!«, begann sie, »Sie werden es mir jetzt vielleicht nicht recht glauben, doch ich denke inzwischen, dass man alle Probleme lösen kann. Man schafft es nur nicht immer allein und dann sollte man sich wirklich helfen lassen und diese Hilfe auch annehmen und daran glauben. Ich habe das selbst erfahren.« Jetzt war es an Mrs. Robbin erstaunt dreinzublicken.

»Ja«, erklärte Tracy, »ich arbeite nicht nur bei Doktor Miller, ich bin bei ihm auch in Behandlung. Und seitdem ich mich auf seine Methoden einlasse - glauben Sie mir, es fiel mir sehr schwer, weil ich auch an jeder angebotenen Hilfe zweifelte - hat es viele Fortschritte gegeben und ich merke, wie gut mir das tut. Zum Glück habe ich auch einen lieben Freund gefunden, der trotz aller Widrigkeiten zu mir steht und wir wollen bald heiraten ...«

»Oh, das freut mich aber für Sie«, sagte Mrs. Robbin und ein ehrliches Lächeln hellte ihre kummervolle Miene auf.

»Ja, wirkliche Freundschaft ist etwas wert«, meinte sie weiter.

»Aber nachdem wir hierhergezogen sind, habe ich noch keine Freundschaften schließen können. Meine Freundin aus Kinder- tagen meldet sich, seitdem sie verheiratet ist, auch nur noch sel- ten und wohnt zu weit weg. Ich werde kein einziges Wort los, denn mit meinem Mann kann ich über meinen Kummer einfach nicht reden.« Die letzten Worte kamen sehr leise über ihre Lip- pen und wieder traten Tränen in ihre Augen. »Wer weiß, ob ein Mann überhaupt meinen Kummer versteht.«

»Mrs. Robbin, vielleicht hilft es Ihnen, wenn ich Ihnen wie eine Freundin zuhöre - natürlich nur, wenn Sie wollen«, bot Tracy ihr spontan an, denn sie glaubte jetzt zu wissen, dass Doktor Miller genau das wollte. Warum es so war würde sie hoffentlich bald erfahren.

Mrs. Robbin schaute Tracy überrascht in die Augen, blickte dann zur Tür und meinte: »Wissen Sie, es ist schon ziemlich ei- genartig, dass Doktor Miller sich gar nicht blicken lässt, obwohl ich doch einen Termin habe. Langsam glaube ich, es war seine Absicht, dass wir hier aufeinandertreffen!? Ich habe ja gehört, dass seine Methoden manchmal recht ungewöhnlich sind ...«

»Das kann man wohl sagen«, bestätigte Tracy mit gespielt grimmigem Unterton, lächelte aber Mrs. Robbin aufmunternd zu.

Zaghaft begann Mrs. Robbin zu reden. Nach und nach empfand sie die von ihr erwartete Erleichterung in sich, die sie hier zu finden erhoffte. Nicht Doktor Miller hörte ihr zu! Tracy tat es, und sie war eine hervorragende Zuhörerin und sie war auch sehr einfühlsam dabei. Es lag ganz einfach daran, dass es sie nun doch sehr interessierte, was Mrs. Robbin auf der Seele lag. Doktor

Miller hörte seinen Patienten auch zu, doch er konnte sich niemals ganz intensiv mit ihrem `Leiden` beschäftigen. Es war sein Beruf und er war ein Mann ...! Wie sollte er je verstehen können, dass Frauen, die eigentlich alles hatten, um glücklich sein zu können, mit ihrem Leben unzufrieden waren oder Probleme hatten, es zu meistern. Tracy war für ihn eine Ausnahme und er konnte tief mit ihr mitfühlen. Genau aus diesem Grund hatte er ja Tracy in sein Herz geschlossen. Er half ihr, wo er nur konnte. Und jetzt war das nicht anders. Er gab Tracy die Chance mit Mrs. Robbin zu sprechen, wenn sie es wollte. Und es würde ihr sehr nützen, dessen war er sich sicher.

Mrs. Robbin wollte von Tracy keine Erklärung hören, weshalb sie Juli nicht besuchte. Das war nicht der Grund, der sie in die Praxis geführt hatte.

Mrs. Robbin erzählte Tracy, dass sie ihren Ehemann Bruce bereits seit der Schulzeit kannte. Sie waren zusammen sehr glücklich. Doch das war nicht immer so, denn ein Fehler, den sie sich nicht verzeihen konnte, überschattete ihre Liebe und sie litt noch heute daran. Noch während der Ausbildung wurde Mrs. Robbin schwanger. Aber sie fühlte sich zu jung, um ein Baby in die Welt zu setzen. Ohne abgeschlossenen Beruf, ohne festes Einkommen, schien ihr für die Geburt eines Kindes nicht der richtige Zeitpunkt zu sein. Ohne mit Bruce zu reden unterzog sie sich einer Abtreibung. Während dieser Zeit belog sie Bruce und täuschte ihn, indem sie einen Besuch bei ihren Eltern erfand. Die Eltern waren eingeweiht und sie spielten mit. Sieben Jahre später bereute Mrs. Robbin ihren selbstsüchtigen Entschluss, denn eine Untersuchung ergab, dass sie niemals wieder schwanger werden konnte. Selbstvorwürfe zermarterten sie, doch sie schaffte es, ihrem Bruce ihr Geheimnis nicht preiszugeben. Mrs. Robbins Eltern hielten zu ihr und sie schwiegen ihr zuliebe weiter. Sie war ohnehin genug damit bestraft. Doch irgendwann kommt jede Übeltat ans Licht. Ihr Ehemann erfuhr die Wahrheit während einer Geburtstagsparty. Mrs. Robbins Vater hatte über seinen Frust, dass er niemals Enkelkinder haben würde, etwas zu tief ins Glas geschaut und der benebelte Zustand löste seine Zunge ganz unbeabsichtigt. Bruce war schockiert über die Lüge, die ihm viele Jahre aufgetischt wurde. Er selbst hatte schon an seiner Männlichkeit, an seiner Zeugungskraft gezweifelt, da seine Frau nicht schwanger wurde, obgleich sie es doch so sehr wollten. Und dann hatte sie ihm weismachen wollen, dass es biologisch ihrerseits nicht möglich war. Die Wahrheit war wie ein Schlag ins Gesicht, er konnte nicht mehr. Wie sollte er ihr weiter vertrauen können? Er sprach von Scheidung und verschwand für eine Weile. Doch seine Liebe zu ihr war stärker und eines Tages stand er wieder vor ihr. Sie sprachen sich aus und wollten einen Neuanfang wagen. Es war eine schöne Zeit und sie benahmen sich wieder wie frisch verliebte Teenager. Bruce gab sich mit der Situation aber doch nicht ganz zufrieden. Ein Jahr später tastete er sich langsam an sie heran und erwähnte die Adoption. Mrs. Robbin war schockiert. Sie selbst war doch Schuld daran, dass sie kein eigenes Kind haben konnten und nun wollte ihr Ehemann ein fremdes Kind aufziehen? Alles wehrte sich in ihr dagegen, doch sie willigte ein, sich auf die lange Warteliste setzen zu lassen. Womöglich könnte es ein Jahrzehnt lang dauern, bis sie an der Reihe wären. Inständig hoffte sie aber, dass es niemals geschehen würde ... Ihr Wunsch wurde nicht erfüllt!

Tracy horchte auf. Plötzlich sah sie Juli vor ihrem geistigen Auge. Sie unterbrach Mrs. Robbin und fragte nervös:

»Wie alt war Juli, als sie zu Ihnen kam?« Mrs. Robbin sah Tracy fragend an.

»Das ist ja mein großes Problem«, begann sie dann. »Wir hatten abgesprochen, dass wir ein Kind adoptieren wollten, welches zwischen fünf und sieben Jahren alt sei. Ich wusste nicht, dass mein Ehemann den Antrag ohne mein Wissen änderte, bevor er ihn persönlich abgab.

Tracy wiederholte ihre Frage nochmals und sie fühlte sich schwindlig und benommen dabei:

»Wie alt war Juli?«

Mrs. Robbin schluchzte jetzt und Tränen liefen ihr über das Gesicht.

»Ich werde damit einfach nicht fertig, ihr Anblick war eine Qual für mich, denn er erweckte in mir riesige, unerträgliche Schuldgefühle, da ich so ein kleines, liebebedürftiges und schutzsuchendes Wesen hab` töten lassen. Ich komme einfach nicht darüber hinweg, deswegen bin ich auch schon jahrelang in Behandlung.«

Da Mrs. Robbin Tracys Frage noch immer nicht beantwortet hatte, meinte Tracy sicher klingend:

»Juli war also noch ein Baby!«

Mrs. Robbin griff sich in`s Haar, raufte es und heiße Tränen liefen ihr wie Rinnsale über die Wangen. Tracy erkannte, dass Mrs. Robbin bei dem Wort `Baby` ebensolche schmerzlichen Gefühle erlitt, wie sie bei den Worten, die Steven niemals mehr zu ihr sagen sollte. Beide hatten ein gemeinsames Problem. Der Unterschied bestand aber darin, dass Mrs. Robbin wusste, weshalb sie litt!

»Ja, Juli war ein Baby, und wir feierten gleich in der ersten Woche, in der sie bei uns war, ihren ersten Geburtstag. Bruce war der glücklichste Mann, oder soll man sagen: stolzeste Vater auf Erden!«

Tracy überkam ein unglaublicher Verdacht. Nach und nach wurde ihr immer schwindeliger und dann schwarz vor Augen. Tracy war wohl so veranlagt, dass sich jede sie aufregende Nachricht mit einem Kreislaufzusammenbruch äußerte. Mrs. Robbin riss die Augen auf, denn sie bemerkte Tracys desolaten Zustand, in den sie sich selbst hineinmanövriert hatte. Schnell versuchte sie Tracy zu stützen, denn diese drohte von der Couch herabzurutschen. Lautstark rief sie nach Doktor Miller und wie aus dem Nichts erschien er wie ein Geist, den man sich herbeiwünschte. Mrs. Robbin blickte auf Tracy und ahnungslos deutete sie fragend auf sie. »Was hat sie nur?«

Doktor Miller krauste die Stirn. »Sie wissen es noch nicht?« Sogleich kümmerte er sich um Tracy. Mrs. Robbin verstand die Frage nicht und wollte nur helfen.

»Wollen wir nicht den Notarzt ...?«

»Nein!«, meinte Doktor Miller und schüttelte den Kopf. Jetzt erkannte Mrs. Robbin ein seltsames Lächeln in seinem Gesicht, welches sie sich nicht erklären konnte. Er blickte in Mrs. Robbins erstauntes Gesicht und meinte:

»Ohne es zu wissen, haben Sie doch ungemein geholfen, Mrs. Robbin. Leider hat Tracy anscheinend nicht bis zum Ende durchgehalten und ich werde Sie aufklären müssen. Denn auch für Sie ist das alles hier sehr bedeutungsvoll.«

Mrs. Robbin traute ihren Ohren nicht. Für sie sprach Doktor Miller in Rätseln. Was hatte sie getan, und was wollte er überhaupt bezwecken? Was hatte nicht bis zu Ende kommen können? Und weshalb sprach er von einer Tracy? Soweit sie sich an Miss Hills Vornamen erinnerte, war dieser doch Liza???

Doktor Millers Plan war zum Teil aufgegangen. Aber er war ein guter Psychologe und er schaffte es, Mrs. Robbin, auf einfühlsame und schonende Art und Weise, den Hintergrund dieser fingierten Zusammenführung mit Tracy zu erklären.

Mrs. Robbin wusste nicht, ob sie vor Freude und Erleichterung lachen oder weinen sollte. Sie stand im Wechselbad der Gefühle, als sie erfuhr, was Tracy durchmachen musste. All das, was sie selbst all die Jahre, als so schmerzlich empfand, war ja nur ein Bruchteil dessen, was Tracy in der letzten Zeit hinter sich hatte.

Doktor Miller und Mrs. Robbin glaubten, dass Mrs. Robbin schlagartig von ihrem Leiden befreit sein würde, denn von nun an wäre Tracy sicherlich eine wichtige und sie von allen Qualen erlösende Ansprechpartnerin für sie.

Tracy hatte nun endlich das gefunden, wonach sie suchte. Und Mrs. Robbin war keinesfalls schockiert darüber, dass ihre Juli Tracys Schwester, Jessy, war ...

Tracy hatte vor Monaten, ganz unwissend, ihre kleine Schwester, ein zweites Mal gerettet. Jetzt hatte sie sie gefunden.

Nachdem Tracy sich von ihrem Zusammenbruch erholt hatte, plauderte sie euphorisch vor sich hin, denn sie wusste, auch ohne einschlägige Beweise sehen zu müssen, dass Juli ihre Schwester war.

Doktor Millers Plan war nun vollendet und hatte einen positiven Ausgang genommen. Als er per gerichtlichem Schreiben erfahren hatte, dass Juli Tracys leibliche Schwester war, war er völlig schockiert gewesen, denn Tracy hatte irgendwelche Gründe gehabt, weshalb sie den Kontakt zu ihr abbrach. Sicherlich spürte sie im Unterbewusstsein eine Gefahr, die sie mit dem ersten Unfall verband und schirmte sich schützen wollend ab. Irgendwie hatte Doktor Miller es dann doch geschafft zwei Fliegen mit einer Klappe zu schlagen.

Die Adoptionspapiere bestätigten eindeutig, dass Juli Robbin als Jessy Marsh geboren wurde. Und es war, als würde der Himmel die Erde berühren, als sich beide Schwestern liebevoll in die Arme nahmen.

Die Einladungskarten für Stevens Überraschungsparty wurden wunderschön. Susan, Nick und Tracy luden Stevens Freunde und Angestellte zur Party ein.

Die leicht bekleideten Gäste genossen die ungewohnte Atmosphäre und waren hingerissen von der Idee, eine Party im Schwimmbad miterleben zu dürfen. Tracy und Steven teilten allen Anwesenden mit, dass sie noch in diesem Jahr heiraten würden. Der Zeitpunkt stand noch nicht fest, aber alle würden ihn schon rechtzeitig erfahren. Tracy strahlte über das ganze Gesicht und sie war so ungezwungen und sah so wunderschön aus, dass Steven zum ersten Mal bemerkte, wie ihn die Eifersucht überfiel.

Steven war glücklich, als die letzten Gäste verschwanden. Er wollte seine Tracy nur für sich.

Steven und Nick betraten den Duschraum als letzte und wuschen das Chlorwasser von ihren Körpern. Steven sah Nicks Operationsnarbe zu ersten Mal und obgleich er sich nichts anmerken ließ, bemerkte Nick Stevens Verwunderung in dessen Gesicht.

»Schau´ sie dir ruhig genau an! Ich kann damit leben, ich muss es ja«, meinte Nick und streckte den Bauch vor.

»Ich bin kein Gaffer«, meinte Steven entrüstet.

»Das weiß ich doch, Steven«, gab Nick beschwichtigend zurück.

»Ja, Kumpel«, sagte Steven und dachte heimlich daran, wie er Tracy über ihre Schwangerschaft berichten sollte. Denn nun waren sie so weit gekommen, aber bevor sie heiraten würden, müssten sie doch auch darüber sprechen. Vieles hatte sich geklärt, bis auf den Unfallhergang und den Verbleib oder das Schicksal des Kindes, welches unter ihrem Herzen wuchs. So viel hatten sie gemeinsam durchgestanden. Auch wenn immer noch einschlägige Beweise fehlten, um ihre Schwangerschaft zum Zeitpunkt des Unfalls zu beweisen, hatte Tracy jetzt ein Recht, endlich davon zu erfahren. Ganz gleich, was auch geschehen würde, dieses Geheimnis konnte er nicht länger mit sich herumtragen. Er fühlte sich schon seit Langem nicht wohl dabei und meinte damit ernsthaft, Tracy zu betrügen.

Etwa eine Stunde war vergangen, und nun saßen Steven und Tracy eng aneinandergekuschelt auf dem Sofa. Steven brannte es auf der Seele, aber er wusste nicht, wie er anfangen sollte. Tracy hielt die Hand vor den Mund, um das Zeichen ihrer Müdigkeit zu verbergen. Sie wollte jetzt aber noch nicht schlafen! Viel zu schön war der Abend gewesen, um jetzt einfach die Augen zu schließen, und damit den bevorstehenden Sonnenaufgang, der in etwa zwei Stunden sein würde, zu verpassen. Steven fühlte sich hellwach und er suchte nach einem Anfang. Endlich fasste er all seinen Mut und begann:

»Schatz, ich wollte dich nie fragen«, er stutzte und verbesserte seine Äußerung.

»Fragen würde auch nichts bringen, denn du bist ahnungslos. Aber bevor wir heiraten, muss ich es dir erzählen.«

Tracy, die ihn zuvor verträumt angesehen hatte und innig hoffte, er würde sie nun gleich verführen wollen, sah ihm nun enttäuscht in die traurigen Augen.

»Was hast du nur, Schatz? Was sollte es noch geben, worüber wir nicht gesprochen haben. Was hast du mir nicht erzählt? Weswegen bin ich ahnungslos?« Tracy war nun auch hellwach, denn sie glaubte, jetzt würde sie von Steven hören, was sie von Anfang an befürchtet hatte, aber dieses Gefühl durch seine liebevolle Zuneigung längst verdrängte. War da vielleicht doch eine andere Frau? Wollte er jetzt, nachdem sie heute ihre Verlobung bekannt gaben einen Rückzieher machen? Hatte er ihr nun wirklich nur solang beistehen wollen, bis alle Unklarheiten beseitigt waren? War seine Zuwendung nur aus dem Mitleid entstanden? Tracy hatte Angst vor den weiteren Worten, nach denen Steven anscheinend suchte. Vor etwa einer Woche hatte sie gespürt, dass eine Veränderung in ihrem Körper vorging und gerade heute, nachdem sie allen von der Hochzeit erzählten, sollte er von ihrer Vermutung erfahren. Gleich nachdem sie sich geliebt hätten, wollte sie ihm davon erzählen. Aber jetzt sah alles anders aus. Steven ahnte nichts von Tracys Gedanken und suchte immer noch verzweifelt nach Worten.

In der Pause, die entstand, suchte Tracy auch, aber sie suchte nach einem Ausweg, für das, was sie nun von Steven gleich zu hören glaubte. Beide kannten sich nun schon so lange und Steven wusste, er musste es ihr sehr schonend beibringen. Viel zu oft hatte sie die Wahrheit ihrer Vergangenheit schockiert und an die Grenzen ihrer geistigen und psychischen Funktionen befördert. Endlich begann er.

»Tracy, ich muss dich über etwas sehr Wichtiges aufklären. Auch wenn es dich sehr treffen wird, hast du ein Recht es zu erfahren.«

Tracy schien sichtlich aufgebracht zu sein und sie raufte sich ihr Haar.

»Quäle mich nicht länger, sage es mir endlich ehrlich ins Gesicht, Steven!«, forderte sie flehend und war dem Weinen nah.

»Gibt es ...?«

»Du bist jetzt schon völlig aufgeregt, obgleich ich noch nicht einmal begonnen habe«, unterbrach er sie sofort. »Tracy, du musst dich beruhigen.«

Sie holte tief Luft und sprach nun ganz ruhig:

»Quäle mich nicht, sag` einfach, wer sie ist?«

»Wer sie ist?«, wiederholte Steven, erhob sich von der Couch und blickte erschüttert auf Tracy herab. »Du ..., du glaubst, ich, ich hätte ...?«, stotterte er aufgebracht und war einfach fassungslos darüber, dass Tracy an so etwas dachte.

»Tracy, nein!«

Er setzte sich wieder neben sie und versuchte sie in den Arm zu nehmen, was ihm nicht gelang, da sie es ihm verwehrte.

»Du weißt doch, dass ich dich ...« Noch immer und sogar jetzt, sprach er den Satz, den er niemals beenden durfte, nicht aus. Tief im Inneren fühlte er sich gekränkt, doch irgendwie konnte er Tracy auch verstehen. Da er immer um den heißen Brei herumredete, konnte sie sich nur solch eine Vermutung zusammenreimen. Liebevoll nahm er ihre Hand und erklärte:

»Nein, Tracy, es gibt keine andere Frau, außer dir in meinem Leben. Wann sollte ich denn dafür auch Zeit haben?«

Tracy lächelte nun und drückte seine Hand fest.

»Was ist es dann? Steven, verzeih` mir, aber was soll ich denken?«

Steven fühlte sich der Situation nicht gewachsen. Jetzt wollte er ihr doch endlich das erzählen, was ihm so lange auf der Seele lag und Tracy war schon jetzt am Ende ihrer Nerven. Verschieben konnte er es aber nicht. Nun musste es raus.

»Tracy, ich habe es von Anfang an geahnt und nun weiß ich es sicher. Es geht um den Unfall. Kannst du dich erinnern, was ich dich fragte, als wir uns im Schwimmbad kennenlernten? Stacy saß neben dir und ich fragte, ob ihr beide es gut überstanden habt. Später ließ ich es so aussehen, als du mich nochmals fragtest, als hätte ich dich und Stacy damit gemeint.«

Tracy nickte:

»Ja, daran erinnere ich mich. Was soll das nun heißen? War ich etwa doch nicht allein im Unfallwagen?«

Steven schüttelte den Kopf.

»Wer war da noch? Sie oder er, ist er ...?«, fragte Tracy fassungslos.

»Wir wissen es nicht«, meinte Steven und hoffte, Tracy würde bei Sinnen bleiben.

»Wer weiß noch davon und weshalb wisst ihr es nicht genau? Wie kann das denn sein, das ist doch ganz unmöglich. Wie sollte das gehen? Rede, Steven! Ich halte das nicht mehr aus.«

Steven schloss die Augen und sprach:

»Tracy, du warst nicht allein und doch warst du es.«

Jetzt öffnete er die Augen und sah in ihre.

»Du hattest einen runden festen Bauch ...«

»Ich war schwanger, meinst du damit?«, hakte sie ein.

Steven nickte:

»Du warst nicht nur schwanger, du warst hochschwanger. Selbst ich, als medizinischer Laie sah, dass du schon ziemlich weit warst; etwa achter oder neunter Monat.«

Tracys Augen waren weit geöffnet.

»Das kann doch nicht wahr sein. Was ist dann passiert? Wo ist mein Kind? Niemand hat mir davon erzählt. Konnten sie es nicht retten? Aber auch davon hätten sie mir erzählen müssen. Ich lag im Koma, aber ich lebe doch noch.«

»Ich weiß es eben nicht, weshalb darüber nichts in deiner Akte steht. Du warst nicht bei Besinnung und vielleicht haben sie das ausgenutzt. Doktor Steward findet deine Narbe etwas mysteriös, denn sie ist zu groß und untypisch, für eine Milzoperation.«

Tracy war stark wie niemals zuvor, wenn sie etwas Erschütterndes aus ihrer Vergangenheit erfahren hatte. Zu viele schmerzliche Erfahrungen hatte sie bereits durchstehen müssen, und das hatte sie gekräftigt. Sie gab sich stark wie eine Löwin, die ihren Nachwuchs verteidigen musste.

»Und du bist dir hundertprozentig sicher, dass ich schwanger war?! Nur diese Aussage, dass ich einen festen runden Bauch hatte, hast du?«

Steven nickte.

»Nichts steht geschrieben, aber du hattest eine Umstandshose an, an die ich mich auch genau erinnern kann.«

»Umstandshose??? Wo ist diese Hose jetzt?«

Steven zuckte mit der Schulter.

»Das habe ich mich nie gefragt?«

Jetzt erhob sich Tracy von der Couch und meinte entschlossen:

»Steven, wenn du Recht hast, dann werden wir diesen Kampf auch noch gewinnen.« Lautstark entwich ihr ein Fluch und leise fügte sie dann hinzu: »Doktor Mc Lane wird bezahlen, das kannst du mir glauben!«

Steven sah sie verblüfft an:

»Du weißt etwas über diesen Mc Lane?«

»Nein, eigentlich nicht, aber ich erhielt „schöne Grüße“ von ihm, durch Doktor Steward. Der damalige Chefarzt, den ich nicht einmal kenne, übermittelte gute Wünsche! Wollte er vielleicht nur wissen, ob ich noch lebe?«

Jetzt konnte sie sich alles zusammenreimen. Dieser Anruf bei Doktor Steward war nur ein Test für sein Gewissen. Er hoffte, sie läge noch immer im Koma oder wäre längst gestorben. Im letzteren Fall, hätte er sich sicher fühlen können, dass seine Intrige gegen Tracy niemals ans Tageslicht kommen würde.

»Sicherlich war er sich meiner Amnesie, die nach solch einer langen Komazeit normal sei - das sagte mir Doktor Miller bereits - sicher gewesen und hoffte auf eine Vertuschung seiner Tat.«

In Tracys Augen erkannte Steven ihre Entschlossenheit, ihre Wut und ihr Leid. Er stellte sich genau vor sie und meinte abschließend:

»Tracy, glaub` mir, wenn dein Baby lebt, dann wirst du es irgendwann in deine Arme nehmen können und die vergangene Zeit kannst du nachholen, das verspreche ich dir.«

Tracy hob den Kopf, um Steven genau in die Augen blicken zu können. Beide küssten sich innig und Tracy sagte dann:

»Ich hoffe, du wirst dieses Kind dann genauso lieben können, wie dein eigenes.«

Sie nahm Stevens Hand und legte diese auf ihren Bauch.

Steven fühlte sich, als wäre er der glücklichste Mensch auf Erden in diesem Moment, und er und seine Tracy liebten sich innig, bis die aufgehende Sonne, den Himmel mit ihren wunderschönsten Farben schmückte.

Am nächsten Tag suchten Steven und Tracy Doktor Steward auf. Jetzt wusste Tracy von dem Geheimnis, das die Ärztin und ihr Steven lange sicher vor ihr versteckten. Doktor Steward beteuerte nochmals ihre Unschuld vor den beiden. Sie kannte Mc Lane nicht einmal persönlich. Nur ein einziges Mal hatte sie mit ihm ein Gespräch am Telefon geführt. Tracy wusste von Steven, dass eine Anklage ohne eindeutige Beweise ihr sogar schaden könnte. Steven hatte ihr etwaige Konsequenzen genau vor Augen geführt, doch Tracy stützte sich auf ein wichtiges Indiz - die Umstandshose, an die sich Steven eindeutig erinnerte. Wo war diese Hose? Tracy war fest entschlossen zu kämpfen und Doktor Steward wollte sie unterstützen.

Sofort begannen sie mit den Nachforschungen, und es war einfach unglaublich, was die Suche nach Beweisen ans Tageslicht beförderte. Da Doktor Miller Tracy, gleich als sie erwacht war, so liebevoll unterstützte, und sie durch seine Hilfe die Klinik in völlig neuer Kleidung verlassen konnte, war niemand auf den Gedanken gekommen Tracys Sachen, die sie beim Unfall trug, zu vermissen. Sauber verpackt und verschweißt schmorten diese Textilien im Keller der Klinik, dort, wo sie jetzt vermutet wurden. Die Umstandshose war gefunden. Gleich darauf begann man umgehend mit der Suche nach der ehemaligen Stationsschwester, Miss Honey, die mit Mc Lane zusammen auf dieser Station gearbeitet hatte. Man wollte erst viele Beweise finden und sammeln, ehe man direkt an Mc Lane herantreten wollte. Das jetzt vorhandene Personal der Station konnte keine Auskünfte geben, da niemand von ihnen im besagten Zeitraum hier beschäftigt war. Es schien, als hätte man absichtlich das gesamte Personal ausgewechselt! Zuerst stieß man aber auf noch einen anderen Namen. Auch Miss Hudson, oder bekannter als Schwester Rory, war hier beschäftigt. Doch es war erschütternd, als die Polizei herausfand, dass diese Schwester Rory ihr Leben durch einen Suizid beendet hatte. Welche Gründe dazu führten, darüber konnte man nur stille und noch unausgesprochene Vermutungen anstellen. Laut Polizeibericht, fand man diese junge Frau, bereits vor zwanzig Monaten mit aufgeschlitzten Pulsadern in ihrer Badewanne. Es war an ihrem Geburtstag und sie war gerade neununddreißig geworden. Sie wusste also, dass sie gefunden werden würde! Sie war sehr hübsch, aber alleinstehend, denn sie war sehr zurückhaltend. Fast zeitgleich, wie Doktor Mc Lane in den Ruhestand ging, beendete auch sie ganz freiwillig ihr Arbeitsverhältnis. Sie hatte kein neues Stellenangebot, das war nachweislich.

Einfach und spartanisch eingerichtet, lebte sie einsam in ihrer kleinen Wohnung. Aber versteckt hinter einem Bild, das ein Stillleben darstellte, fand man in großen Scheinen fünfzigtausend Dollar. Nichts, was man in ihrer Wohnung fand, deutete auf die Herkunft des Geldes hin. Stammte das Geld aus einem legalen Spiel, einem Gewinn oder war es nicht legal erworben worden?

Obgleich man Doktor Mc Lane mit dem Tod von Schwester Rory nicht in Verbindung bringen konnte, erhielt er eine polizeiliche Vorladung. Er sollte eine Erklärung abgeben, weshalb Miss Marsh zum Zeitpunkt des Unfalls eine Umstandshose trug, jedoch nichts über eine Schwangerschaft in ihrer Akte stand.

Doktor Mc Lane wies jegliches Wissen darüber von sich.

»Miss Marsh war nicht schwanger«, meinte er kurz und sehr sicher klingend. »Und was die Hose betrifft - viele junge Leute tragen diese sehr weiten Hosen, die ihnen bald vom Hintern fallen. Diese Miss Marsh wird wohl auch zu denen gehören, die diese unmögliche Mode toll finden!«

Die Beamten vermissten jedoch eine ganz normale und menschliche Reaktion an ihm. Mc Lane hätte doch überrascht und vielleicht sogar erschüttert über diese Behauptung sein müssen. Vor der Befragung hatte ihm niemand den Grund für diese Vorladung erklärt. Ohne Einwände zu erheben, war er dieser Vorladung gefolgt. Nicht einmal sein Anwalt ahnte, was die Polizei von Mc Lane wollte. Dieser saß stillschweigend neben seinem Mandanten und sah ihn ratlos an. Das hatte Mc Lane clever eingefädelt, denn nun sah es wirklich so aus, als hätte er nicht die geringste Vermutung gehabt, was man ihm anlasten wollte. Unwissend aussehend und arrogant auf die Beamten blickend saß er da und wartete auf belastende Beweise. Diese gab es aber nicht und das glaubte er sicher zu wissen, weil er dachte, er sei perfekt. Tief im Innern jedoch ärgerte er sich, denn an Tracys Kleidung hatte er nicht gedacht. Aber so eine Hose war kein ausreichender Beweis.

Die erste Unterredung war damit schon beendet. Es stimmte, die Polizei hatte keine weiteren aussagekräftigen Beweise vorzulegen. Aber den Beamten genügte vorerst dieses kurze Gespräch, denn es hatte in ihnen einen ersten Eindruck von Mc Lane hinterlassen. Jetzt hatte Mc Lane Zeit und auch das Geld, um mit seinem Anwalt einen siegessicheren Plan zu schmieden. Er konnte ihm nun von seiner Unschuld erzählen. Und er konnte seinem Anwalt auch wichtige Hinweise, die er vorbringen könnte, geben, die ihn entlasteten. Mc Lane war gerissen. Wenn nötig, würde er alle Geschütze auffahren, nur um als Sieger dastehen zu können.

Doktor Steward war nun umso mehr entschlossen die Polizeiarbeit kräftig zu unterstützen. Denn nachdem sie von Mc Lanes Reaktion erfuhr, wobei der die Sache augenscheinlich ziemlich gelassen aufgenommen und dabei äußerst gefühllos reagiert hatte, war für sie klar, dass er schuldig sein musste. In Tracy war ein Kind gewachsen, das stand fest und war auch nachweisbar. Sie konnte doch aber nur zum Zeitpunkt des Unfalls schwanger gewesen sein, da sie das Waisenhaus erst mit dem achtzehnten Geburtstag verlassen hatte. Laut der Aussage der Heimleiterin, Mrs. Bourg, die sich jetzt als sehr kooperativ zeigte, war Tracy, während sie in der Obhut des Heimes war, nicht schwanger. Wenn man mehrere Nachweise zusammenfügen könnte, wäre die Umstandshose schon ein sehr wichtiger Beweis, denn ein solches Kleidungsstück trägt man nicht der Mode wegen. Aber Doktor Stewards mühevolle Suche nach irgendeiner Klink und einem Gynäkologen, der Tracys Schwangerschaft festgestellt hatte und sie dann betreute, war erfolglos. Nur in der Klinik, in der alle Kinder des Waisenhauses betreut und behandelt wurden, fand man auch selbstverständlich einige ältere Daten über Tracy. Jedes Wehwehchen, das Tracy in den acht Jahren gehabt hatte - von der Erkältung bis hin zu notwendigen Impfungen - war fein säuberlich dokumentiert und dem Waisenhaus in Rechnung gestellt worden.

Die letzte Eintragung zeigte einen fünftägigen Aufenthalt in der Klinik, da Tracy mit Sechzehn einen Kreislaufzusammenbruch hatte. Das war typisch für Tracy! Doch diese Daten halfen für die jetzigen Ermittlungen nicht weiter. Weshalb hatte Tracy keinen Arzt, wenn sie doch schwanger war?

Mrs. Bourg erwähnte einen jungen Mann, dessen Namen sie aber nicht kannte, mit dem Tracy sich sehr oft und das bis kurz vor ihrem Kreislaufzusammenbruch traf. Das war lange her, aber die Heimleiterin erinnerte sich genau, denn nachdem Tracy die Klink verließ, tauchte dieser Mann nicht mehr auf. Wenn Tracy von ihm schwanger gewesen wäre, hätten die Untersuchungsergebnisse das bestätigt. Es passte aber auch nicht zusammen, denn Tracy trug doch beim Unfall diese Umstandshose. Was war des Rätsels Lösung? Vielleicht hatten sich Tracy und ihr Freund getrennt und sie reagierte - wie es noch heute üblich für sie ist - mit Kreislaufbeschwerden. Aber wie, wie sollte man Mc Lane nun überführen können, ohne einschlägige Beweise?

Die Polizei suchte weiter nach dem Verbleib der ehemaligen Stationsschwester, Miss Honey. Würde diese gefunden werden, wäre deren Aussage von größter Bedeutung.

Während Mc Lanes Konten überprüft wurden und man eine zwielichtige Entdeckung machte, wurden zwei Beamte mit Hilfe eines Fotos von Miss Honey auf die Suche nach ihr geschickt. Mc Lanes Aufenthalt war nun bekannt, aber es hatte einige Zeit gedauert, bis man seinen jetzigen Wohnsitz fand und ihn für die erste Vernehmung vorladen konnte. Seit knapp zwei Jahren lebte Mc Lane an einem herrlichen Plätzchen dieser Welt und das genau am Strand – viele, viele Meilen entfernt, von seinem jahrelangen Leben als Chefarzt.

Sofort begannen die Beamten mit der Befragung der Nachbarn von Mc Lane, doch niemand aus der Gegend konnte, oder wollte sich an diese Miss Honey erinnern. Erst nach zweiwöchiger anstrengender Ermittlungsarbeit, die scheinbar erfolglos enden sollte, fand sich eine ältere Dame, die sogar Mc Lanes direkte Nachbarin war. Die Beamten hatten das Foto von Miss Honey in der dort mit der größten Auflage und damit meistgelesenen Zeitung veröffentlichen lassen. Diese vermögende alte Dame, namens Mrs. Wall, hatte ihre Villa vor Jahren ihrem Enkel David überschrieben und ihr lebenslanges Wohnrecht gesichert. Zu Beginn der Ermittlungen der Beamten, verweilte sie in einer Klink. Erst nach ihrer Entlassung erfuhr sie von ihrem Enkel, dass die Polizei nach einer Frau suchte. Als sie dann das Foto von

Miss Honey in der Zeitung sah, erkannte sie die gesuchte Frau sofort wieder.

Mrs. Wall ging auf die Neunzig zu, doch sie war geistig sehr vital. Zaghaft und mit großer Skepsis begannen die Beamten mit der Befragung, doch Mrs. Wall plauderte wie ein Wasserfall.

»Dieser Mc Lane ist ein hochnäsiger, arroganter und übler Unhold«, begann sie schimpfend.

Die Beamten spitzen die Ohren und legten ihre anfänglichen Zweifel schnell beiseite. Zuvor glaubten sie, dass Mrs. Wall auf Grund ihres hohen Alters keine glaubwürdigen Aussagen hervorbringen könnte. Da hatten sie sich aber geschnitten! Mrs. Wall fuhr fort, und da sie erkannt hatte, welch allgemeine Verwunderung sie heraufbeschwor, erklärte sie bestimmend:

»Ich habe zwar schon einige Gebrechen, aber in meinem Kopf stimmt es noch, meine Herren! Ich leide nicht an Alzheimer, wie man es in meinem Alter für üblich hält. Dieser Mc Lane war vor über zwei Jahren ins Nachbarhaus gezogen und ich bin mir hundertprozentig sicher, dass der Erwerb dieser Immobilie nicht mit rechten Dingen zuging.«

Die Beamten horchten auf, und gleich nachdem man Mrs. Wall das Glas Wasser reichte, um welches sie gebeten hatte, erzählte sie eine interessante Geschichte ...

Die Nachbarvilla, in der dieser Mc Lane wohnte, gehörte zuvor einer jungen Frau. Diese Miss Corner hatte das Haus von ihrer Großtante Kate geerbt. Kate war Mrs. Walls beste Freundin. Über vierzig Jahre lebten sie friedlich nebeneinander und trotz allem hatte Kate ihr verschwiegen, dass sie nahe Verwandte hatte. Sie ließ Mrs. Wall im Glauben, sie wäre ganz allein auf der Welt. Vor langer Zeit erwähnte sie nur kurz einen Mann, den sie aber nicht für sich gewinnen konnte. Von da an blieb sie allein und lebte äußerst bescheiden. Die Villa war stark renovierungsbedürftig, doch sie begnügte sich damit; sie brauchte keinen Luxus mehr. Gleich nachdem Miss Corner das Haus bezog, begrüßte sie auch ihre Nachbarn. Sie war sehr freundlich, aber auch sehr zurückhaltend und bescheiden, was Mrs. Wall sofort auffiel. Mrs. Wall spürte, dass diese junge Frau sich fremd fühlte. Miss Corner besuchte sie oft und nach und nach entwickelte sich eine Freundschaft zwischen ihnen. Miss Corner war Kate so ähnlich und Mrs. Wall genoss ihre Anwesenheit sehr. Irgendwann brach Miss Corner dann ihr Schweigen und ihre Zurückhaltung und sie erzählte Mrs. Wall, dass sie bis zur Erbschaft nicht einmal Kontakt zur Großtante haben durfte. Deswegen war sie ja auch sehr verwundert über den Nachlass, der nicht nur die Villa betraf. Kate hatte ihr auch das gesamte, nicht unbeträchtliche Barvermögen hinterlassen. Sie erwähnte keine genaue Summe, doch es musste sich um sehr viel Geld handeln, denn Miss Corner wollte damit die Villa völlig renovieren lassen, eine kleine Boutique eröffnen und dann hätte sie immer noch genug, um bis ans Ende ihrer Tage versorgt zu sein. Weshalb Miss Corner keinen Kontakt zur Großtante pflegen durfte, erklärte sie mit zweifelhaften Fakten. Es musste über ein halbes Jahrhundert her gewesen sein, als der Streit um einen Mann die Beziehungen zueinander zerriss. Genau wusste Miss Corner es nicht, doch sie vermutete, dass sich beide Schwestern in denselben Mann verliebten. Und nachdem ihre Grandma ihn letztendlich bekam, schirmte sie alle Angehörigen von ihrer Rivalin, ihrer Schwester, ab. Ihre Großtante war ein Leben lang allein geblieben. Auch sie musste diesen Mann abgöttisch geliebt haben. »Das war also der Mann, den Kate kurz erwähnt hatte«, dachte Mrs. Wall, laut. »Dieses eiserne, stille Geheimnis hatte sie wohl mit in ihr Grab nehmen wollen.«

Die Beamten hörten Mrs. Wall aufmerksam zu, doch das, was sie erzählte, war nicht das, was sie sich zu hören erhofften.

»Mrs. Wall«, begann der eine Beamte mutig. »Was hat das nun alles mit Mc Lane zu tun?«

Mrs. Wall holte tief Luft.

»Meine Herren! Es ist wichtig, dass ich Ihnen alles von Anfang an erzähle. Glauben Sie mir! Ich weiß ja, was sie so brennend interessiert, doch die Vorgeschichte ist äußerst wichtig.«

Der Beamte blickte auf seine Uhr und sah sogleich in das mit Unmutfalten übersäte Gesicht der alten Dame. Sofort bereute er seine Geste und doch erklärte er kleinlaut: »Wir brauchen aber Fakten, Anhaltspunkte und eindeutige Beweise die Mc Lane sicher belasten, Mrs. Wall!«

Sie nickte und versprach, sich nun kurz zu fassen.

Urplötzlich war dieser Mc Lane aufgetaucht und irgendwie schaffte er es Miss Corner um den Finger zu wickeln. Wie er es angestellt hatte, wusste Mrs. Wall nicht, doch Miss Corner war schüchtern wie ein junges Reh und das hatte er sich sicherlich zu Nutzen gemacht. Miss Corner besuchte Mrs. Wall nicht mehr. Oft stand die alte Dame am Fenster, da sie sich sorgte. Sie versuchte den Grund für Miss Corners Wegbleiben zu ergründen. Unweigerlich wurde sie damit Zeugin einiger Szenen, die sich zwischen ihren Nachbarn abspielten. Mrs. Wall war eine Dame der `alten Schule`, und was sie sah, verschlug ihr die Sprache. Nie hätte sie vermutet, dass diese schüchterne Miss Corner, sich zu solchen Orgien hinreißen ließe. Denn zuerst liebten sich die beiden ganz ungezwungen und freizügig am Rande des großen Pools und im nächsten Augenblick schrie Miss Corner ihren Gespielen an. Es war einfach unfassbar für Mrs. Wall. Doch es kam noch schlimmer: Statt der erwarteten Gegenwehr seitens Mc Lane, musste Mrs. Wall mit ansehen, wie der Gepeinigte sich vor sie hinkniete und ... Ja. Es war grauenhaft! Mc Lane bat um Verzeihung und er küsste ihr die Füße! Wer oder was gibt einem Menschen die Macht, sich vor ihm so erniedrigen zu lassen? Mrs. Wall war völlig schockiert vom Fenster zurückgewichen und lag minutenlang wie geistesabwesend und fassungslos auf ihrem Bett. Was sollte sie nur tun? Jeder lebt sein eigenes Leben! War es nun nur die schüchterne Fassade von Miss Corner, die sie ihr vorgestellt hatte, oder brauchte diese Frau vielleicht dringend ihre Hilfe? Mrs. Wall wusste es nicht. Sie fühlte sich gehemmt, um etwas dagegen unternehmen zu dürfen. Sie fühlte sich uralt und glaubte, mit einem Mal, sie sei doch nicht mehr Herr ihrer geistigen Funktionen. Aber würde ihr überhaupt jemand Glauben schenken, wenn sie ihre Beobachtungen preisgab? Sollte sie ihren unbelasteten Ruf auf´s Spiel setzen? Vielleicht würde ihr Enkel sie sogar für schizophren halten? Wochen vergingen und sie erlebte den Albtraum immer wieder, wenn sie am Wochenende zur selben Zeit aus dem Fenster sah. Sie konnte David einfach nichts erzählen, denn sie fühlte es, sie musste selbst etwas unternehmen; ganz ohne Aufsehen und mit viel Taktgefühl wollte sie Miss Corner gegenüberstehen und sie fragen, ob es ihr gutginge? Aber sie hatte zu lange gewartet! Als Mrs. Wall den Finger tief in den Klingelknopf presste und hoffte Miss Corner würde gleich vor ihr stehen, sah sie unerwartet nur in das zerknitterte Gesicht von Mc Lane. Und der erklärte ihr ganz unmissverständlich:

»Die Corner hat sich aus dem Staub gemacht. Die Villa gehört jetzt mir.«

Mrs. Wall stockte der Atem, aber sie glaubte Mc Lanes Worte. Sie hatte keine Chance.

Miss Corner blieb wie vom Erdboden verschluckt. Es dauerte aber gar nicht lange, da tauchte die Frau auf dem Foto bei Mc Lane auf. Das gleiche Spiel, dieselben Szenen spielten sich ab. Doch diese Miss Honey wollte ihm wohl nicht hörig sein(!) Heftige Wortgefechte drangen bis zu Mrs. Wall durch das geöffnetes Fenster. Und schon nach einem Monat sah sie, wie Miss

Honey die Villa fluchtartig verließ und wie in Panik versetzt in ihrem teuren Wagen davonraste.

Mrs. Wall schloss daraus, dass sich diese Frau von Mc Lane bedroht fühlte und sie hatte wohl Recht behalten - Miss Honey kam nicht wieder. Eins stand fest: Dieser Mc Lane war kein Unschuldsengel.

Die Polizei unternahm weitere Nachforschungen in dieser Hinsicht und Mrs. Walls Äußerungen bestätigten sich. Miss Corner hatte Mc Lane tatsächlich die Villa überschrieben und ihr dickes Sparbuch war komplett aufgelöst worden. Es gab keine Anhaltspunkte, wo sich die beiden Frauen nun aufhielten. Man ging davon aus, dass sie sich abgesetzt hatten, um ihrem Peiniger zu entfliehen. Vielleicht lebten sie irgendwo inkognito. Alle Spuren waren sorgfältig verwischt worden. Es blieb die Aktenfälschung, wegen der sich Mc Lane verantworten musste. Einen Zusammenhang mit dem Tod von Schwester Rory und dem Verschwinden der anderen beiden Frauen konnte man ihm nicht anlasten. Steven und Tracy, Doktor Steward und auch Doktor Miller, waren sich sicher, dass Mc Lane mehr auf dem Kerbholz hatte, als bisher an den Tag gekommen war. Die Polizei teilte diese Behauptungen, denn mit weiteren Fakten könnte alles Geschehene zusammenpassen. Es waren bis jetzt nur dünne Fäden, aber man war sich sicher, wenn man mehr belastendes Material fände, würde daraus eine passende Schlinge entstehen und diese würde Mc Lane irgendwann die Luft abdrücken. Doch all diese Vermutungen und sogar die Aussage der alten Dame, Mrs. Wall, waren nicht genug, um Mc Lane einer Straftat zu überführen.

Wochen vergingen bis Mc Lane einer nächsten Vorladung folgen musste. Man wagte diesen nächsten Schritt, weil eine Überprüfung von Mc Lanes Konten ergab, dass er genau drei Tage nach Tracys Unfall eine hohe Summe von seiner Bank abgeholt hatte. Es waren genau einhunderttausend Dollar die er sich in bar von der Bankangestellten in einen Aktenkoffer vorzählen ließ. Da man bei Schwester Rory, genau die Hälfte dieser Summe fand - es war eindeutig Mc Lanes Geld, denn die fortlaufenden Nummern auf den Scheinen stimmten überein - vermutete man, dass er die andere Hälfte des Geldes der verschwundenen Miss Honey gezahlt hatte. Mit großer Wahrscheinlichkeit handelte es sich dabei um ein Schweigegeld. Und da Mc Lane keine Belege für die Verwendung der Bargeldsumme vorweisen konnte, verdichtete sich dieser Tatverdacht.

Minutenlange Stille beherrschte den Raum und die Polizeibeamten erwarteten gespannt Mc Lanes Erklärung dazu. Dieser jedoch versuchte wie immer, sich nichts von seiner Erschrokkenheit anmerken zu lassen. Nervös fuhr er dann mit der Hand durch sein leicht ergrautes dichtes Haar, denn anscheinend fehlten ihm jetzt doch die passenden Worte, um diesen Sachverhalt mit seiner sonst so spontanen Redegewandtheit in eine unbedeutende Nichtigkeit abzuschwächen, die ihn von jeglicher ihn anlastender Schuld freisprach.

Hilfesuchend, aber fordernd, sah er deshalb seinem Anwalt direkt in dessen ebenfalls schockiertes Gesicht. Dieser wusste sofort, dass er jetzt etwas für sein hohes Honorar tun müsste. Gleich darauf erhob er sich und während er nach den richtigen Worten suchte, nutzte er die Zeit, um seine Verwirrung zu überspielen. Er zog seinen Anzug zurecht und drehte arrogant aussehend den Kopf. Dann warf er diesen in den Nacken und faltete die Hände zusammen. Er hob das Kinn und ließ jetzt alles mit einer wunderbar schauspielerischen Kunst, so aussehen, als sei er auf diese Frage vorbereitet gewesen. Kopfschüttelnd und sich nun am Kinn reibend begann er mit einer Überheblichkeit in der Stimme zu sprechen.

»Was wollen Sie denn nun schon wieder mit dieser Vorladung und diesen unbegründeten Vorwürfen bezwecken? In meinen Augen geht das tief in die Privatsphäre meines unschuldigen Mandanten! Mein Mandant kann mit seinem schwerstverdienten Geld wohl immer noch machen, was er möchte! Er zahlt seine Steuern und ist ein unbescholtener Bürger dieses Staates.«

Nun hielt er inne, holte tief Luft und sprach seine Drohung, die ihm auf dem Herzen lag, direkt aus.

»Meine Herren! Ich kenne die Gesetze, da können Sie sicher sein! Und jetzt, hören Sie bitte gut zu! Wenn Sie es noch ein drittes Mal wagen sollten, Doktor Mc Lane, wegen irgendwelcher Vorwürfe, die dann auch noch mit dem Fehlen eindeutiger Beweise einhergehen sollten, also nur mit unbegründeten Fakten belegt sind, zu belästigen, dann werden Sie, beziehungsweise diese Miss Marsh, die sich noch niemals bisher hier blickenließ, einmal ganz eindeutig meine Macht, besser gesagt, mein Wissen über die Gesetze und die mir damit verbundenen Möglichkeiten, kennenlernen!«

Er machte eine Gedankenpause und ließ seine Worte auf die anwesenden Personen im Raum wirken. Jetzt rieb er sich die

Schläfe und erklärte den Sinn seiner zuvor geäußerten Worte.

»Dann könnte es wohl sein, dass ich dieser Miss Marsh, die durch ihre wahrscheinlich nur absichtlich und scheinbar gut glaubhaft gemachten, vorgetäuschten Amnesie meinen Mandanten belasten und beschuldigen will, auch ein paar Fragen, die zur Klärung des Sachverhalts, also ihrer besagten, angeblichen Schwangerschaft, die sie irgendwann, zwischen dem Zeitpunkt ihrer Reife und dem besagten Zeitpunkt, des von ihr erlittenen Unfalls beschreibt, gehabt haben muss, stellen würde.«

Wieder kehrte die bedrückende Stille zurück, die vor der aussagekräftigen Rede des Anwaltes im Raum geherrscht hatte. Doch nun fand ein Gemütswechsel statt, denn jetzt waren es die Beamten, und nicht mehr Mc Lane, denen die Worte fehlten. Es war eingetreten, wovor Doktor Steward Steven und Tracy gewarnt hatte.

Dieser anscheinend gerissene Anwalt erwähnte, eventuelle Schritte gegen die Klägerin einzuleiten. Wenn es also hart auf hart käme, könnte dieser verlangen, dass Tracy nachweisen müsste, wo ihr Baby geblieben war - wenn sie doch nachweislich irgendwann mal schwanger gewesen war! Es war einfach von äußerster Dringlichkeit mehr belastendes Material gegen diesen Mc Lane zu finden.

Tracy war erschüttert, denn mit solcher Dreistigkeit und Drohung des Anwalts hatte sie nicht gerechnet.

»Die Umstandshose ist doch ein aussagekräftiger Beweis«, meinte sie mit weinerlicher Stimme. »Ich dachte, damit würden wir ihn überführen können! Ich verstehe das nicht! Wie kann man so skrupellos sein und sich so gemein und gefühllos verhalten? Wer kann so lügen, ohne ein Gewissen, das ihn martert, leben und sich dann aus der Affäre herausreden?«

Doktor Steward sah Tracy an.

»Solche Menschen gibt es, Miss Marsh! Um ihre eigene Haut retten zu können, gehen manche sogar über Leichen!«

Tracy rieb sich sinnierend über die Stirn. Überraschend für Steven und Doktor Steward, äußerte Tracy jetzt den Wunsch:

»Ich möchte diese ..., meine Umstandshose, die ich getragen habe, sehen!«

Doktor Steward wusste zwar nicht, was Tracy damit bewegte, denn man hatte diese Hose gleich nach deren Auffinden angesehen und eindeutig festgestellt, dass es eine Umstandshose war. Gleich darauf wurde diese als Beweisstück schützend in Gewahrsam genommen und auch bei der ersten Vorladung kurz Mc

Lane gezeigt. Tracy hatte keine äußerlichen Verletzungen beim Unfall davongetragen. Aus diesem Grund klebte auch kein Blut an diesem Kleidungsstück, das näher untersucht werden musste. Es stand ja auch fest, dass es Tracys Hose war - ihr Name stand zwar nicht darauf, denn den kannte man ja nicht - aber Tag, Datum und eine ihr zugeordnete Patientennummer bewiesen das eindeutig.

Am nächsten Tag hielt Tracy die Hose in ihren Händen. Sie hatte einen eigenartigen Ausdruck im Gesicht, als sie dieses Kleidungsstück befühlte.

Doktor Miller, der auf Wunsch von Dr. Steward heute dabei war, wenn Tracys Wunsch erfüllt würde, erkannte sogleich, dass Tracy dadurch auf eine Erinnerung hoffte. Doch ihr erwartungsvoller Blick erlosch und resignierend drängte sie die Hose von sich weg.

Dachte sie daran, dass sie bald wieder solch ein konfektionell ausgearbeitetes Textil tragen müsste, da das auf Grund ihres Zustandes unabdingbar wäre?

Mit geschlossenen Augen versuchte sich Tracy vorzustellen, wie sie diese Hose getragen hatte und wie sie eingeklemmt hinter dem Lenkrad gesessen haben musste. Plötzlich schoss ihr ein Gedanke durch den Kopf. Sie öffnete die Augen und drehte die Hose auf links. Niemand im Raum ahnte, was sie vorhatte. Doch dann - es war wie ein Blitz - eilte Doktor Steward auf Tracy zu und beide betrachteten sich die Innenseiten des Stoffes. Es war, als hätte Tracy ihre Gedanken schon ausgesprochen, denn die Ärztin sprach:

»Sie haben Recht, Miss Marsh! Das hatten wir ganz außer Acht gelassen.« Sie schlug sich mit der Hand auf die Stirn.

»Auf den ersten Blick war nichts Ungewöhnliches an der Hose zu erkennen. In Ihrer Akte steht, dass Sie nur innerliche Verletzungen hatten. Deshalb haben wir die Sachen auch nicht weiter untersuchen lassen. Es stand eindeutig fest, dass sie Ihnen gehören.«

»Sehen Sie das?«, fragte Tracy und hielt Steven und Doktor Miller die Hose zur Betrachtung hin. Die beiden Männer schauten verdutzt, denn sie konnten keine Blutflecken, die sie jetzt vermuteten, daran sehen. Verblüfft zuckten beide mit den Schultern.

Tracy musste jetzt schmunzeln. Immerhin waren sie Männer und rechneten sicher nicht damit, dass Tracy etwas Anderes als Blut, an ihrer Hose gesehen haben könnte.

Doktor Steward kramte nervös im Medikamentenschrank und öffnete kurzerhand eine große Packung Verbandskompressen. Diese waren einzeln in kleinere Tütchen verpackt, die somit sicher und steril aufbewahrt wurden. Wortlos und sichtlich aufgeregt, streifte sich Doktor Steward jetzt ein Paar Untersuchungshandschuhe über, öffnete eines dieser Päckchen und entfernte sorglos den darin befindlichen Inhalt. Dann griff sie in die Plastiktüte, in der Tracys übrige Sachen waren und holte ein weiteres Kleidungsstück heraus, das sie sogleich behutsam in das nun leere Päckchen der daraus entfernten Kompresse steckte. Tracy wusste, was Doktor Steward damit bezweckte, doch die beiden Männer, die nicht einmal erkennen konnten, um was es sich dabei handelte räusperten sich und schluckten nur laut.

»Klärt uns nun mal jemand auf!?«, fragte Doktor Miller mutig. Beide Frauen sahen sich an und schüttelten gleichzeitig verneinend den Kopf.

»Macht ihr jetzt ein Geheimnis daraus, was hier abläuft?«, hakte Steven nach.

»Vielleicht!? Hattest du mit Doktor Steward nicht auch ein stilles Geheimnis?«, wollte Tracy Steven zurückerinnern lassen.

»Ja, aber ...«

»Nichts, Aber«, meinte Tracy sicher. Jetzt bin ich dran! Und ich habe, ich glaube es jedenfalls, etwas sehr Wichtiges entdeckt, dass Mc Lane überführen wird.«

Beschwichtigend ergriff die Ärztin jetzt das Wort:

»Wenn Miss Marsh«, diese blickte sie an. »Wenn Tracy, ihre zukünftige Frau, es so wünscht, dann werde ich bis zum Ende der Untersuchungsergebnisse natürlich auch Stillschweigen darüber bewahren. Oder auch so lange sie es möchte. Ich darf Ihnen nur so viel sagen, dass es ein großer Fehler war, da wir ihre Verlobte nicht gleich von Anfang an in die Sache eingeweiht hatten.«

Beleidigt schaute Steven zum Fenster hinaus.

»Das war doch was ganz Anderes, es war zu ihrem Schutz«, flüsterte er vor sich hin.

»Eben!«, meinte Tracy. »Es ist zu unser aller Schutz, dass wir nichts verlauten lassen, bis wir uns hundertprozentig sicher sind.«

Sie ging auf ihn zu und griff nach seiner rechten Hand.

»Sei nicht beleidigt! Bitte lass` mich das machen! Es ist besser, wenn wir uns ganz sicher sind.«

Gleich darauf zog sie ihren Steven fest an sich und küsste ihn auf den Mund.

»Schatz, ich glaube, wir haben schon gewonnen, noch ehe der Prozess begonnen hat.«

»Dann sag` es mir doch!«, flehte Steven sie an.

Doktor Miller mischte sich nun ein.

»Entschuldigung, Steven! Aber ich sage, nein! Es ist Tracys Wunsch. Respektieren Sie das! Es ist ihre Vergangenheit und diese ist sehr bedeutend. Sie haben genug getan. Lassen Sie Tracy auch selbst etwas tun, es ist ungemein wichtig für sie. Sie werden es später bemerken. Wenn diese Sache Hand und Fuß hat, darf sie irgendwann stolz auf sich sein und es hilft ihr sicher, ihre Alpträume und Depressionen zu besiegen.«

Steven zog ein Flunsch, doch er sah ein, dass diese Worte, aus dem Munde eines Psychologen – Tracys Therapeuten – einen Sinn machten.

Zwei Monate später kam es dann zur Anklage. Dieses Mal wurde Mc Lane nicht nur zu einem weiteren Vorsprechen geladen, sondern saß im Gerichtssaal mit Richter, mit Geschworenen, neben seinem Anwalt. Er glaubte sicher, dass sein Anwalt sich gut darauf vorbereitet hatte und all seine Drohungen, die er bei der letzten Vorladung ausgestoßen hatte, nun wahrmachen würde. Die Anklage lautete: Verdacht auf Aktenfälschung, um eine strafbare Handlung zu vertuschen, die den Hintergrund einer Korruption trug.

Genau für diesen Fall der Fälle hatte sich Mc Lanes Anwalt ausgerüstet und im Stillen freute er sich schon darauf, Tracy fertigmachen zu können. Denn da sich Mc Lane in allen Gesprächen, die er mit ihm geführt hatte, wie ein Unschuldengel gab, war er von dessen Unschuld überzeugt. Nun würde er dieser Tracy Marsh, welche in seinen Augen nur ein geldgieriges Weibstück das auf Schmerzensgeld aus war, das Handwerk legen! Nicht einen einzigen Gedanken hatte er daran verschwendet, um sich selbst zu fragen, wie sich diese Tracy wohl fühlen könnte, wenn sie wirklich von Mc Lane ausgenutzt worden war. Wenn sie log, wie sollte sie dann - mit welchem Beweis? - gewinnen und ein deftiges Schmerzensgeld kassieren können? Mc Lanes Anwalt hatte Scheuklappen vor den Augen, und sein einziges Ziel war es, das hohe Honorar, das ihm sein Mandant zahlte zu verdienen.

Tracy wollte der ersten Verhandlung unbedingt beiwohnen, doch Doktor Steward und Steven rieten ihr davon ab. Auf Grund ihrer Schwangerschaft musste sie sich von jeglicher Aufregung fernhalten. Obgleich sie ja die Klägerin war, konnte man sie nicht zu einer Aussage aufrufen, da sie sich sowieso nicht erinnern konnte. Doktor Miller hatte seinen persönlichen Anwalt augagiert. Er sollte für Tracy sprechen.

Irgendwann ließ Tracy sich überzeugen, aber sie schwor sich, dass sie Mc Lane einmal in die Augen schauen würde, und in ihren würde es ebenso glitzern wie in seinen - doch bei ihr wären es Triumph und Glück, wogegen Mc Lanes Funkeln eine Mischung von Wut und Enttäuschung sein würde.

Mc Lane wand sich wie ein Aal, und er erklärte immer wieder, dass er nichts von einem Kind wisse. Er hätte Tracy nur die Milz entfernt, da sie beim Unfall massiv beschädigt wurde. Er wies alle Anschuldigungen von sich. Mc Lane schwor auf seine Approbation! Er hätte Tracy nur das Leben retten wollen, dafür sei er doch Arzt geworden!

Dann kam wieder die Umstandshose zur Sprache. Doch Mc Lane fand auch dafür schnell eine Ausrede. Er schob es wieder auf die Modetrends und lachte hämisch. Mc Lane wiederholte seine aalglatte Aussage, die er schon bei der Polizei von sich gegeben hatte und meinte:

»Heutzutage ist es kaum vorstellbar, was die jungen Dinger sich anfracken. Jeder kann ja anziehen, was er will. Aber ich bitte Sie, das ist doch kein Beweis - eine Hose! Eine Hose, die leger sitzt und damit vielleicht das Zwicken eines üblichen konfektions-genauen Textils ausräumt.«

Mc Lane war ein Künstler der Ausreden. Er hatte die richtigen Worte gefunden, um sich aus der Affäre zu ziehen.

Dann erhob sich Mc Lanes Anwalt und erklärte mit lauter Stimme.

»Ich finde - entschuldigen Sie bitte den Ausdruck - die Anklage einfach hirnlos! Wenn man meinen Mandanten einer Tat be-schuldigt, besser gesagt ihn unbegründet hier vor Gericht zerrt, dann muss man doch handfeste Beweise vorlegen. Eine Hose ist doch nun wirklich kein Beweis, wie mein Mandant bereits einleuchtend erklärte. Wo ist die Anklägerin? Müsste sie nicht wenigstens der Verhandlung beiwohnen, wenn sie so dreiste Be-schuldigungen gegen meinen Mandanten erhebt?«

Da Mc Lanes Anwalt eine Pause einlegte, erhob der Richter das Wort:

»Herr Verteidiger! Ich glaubte, ich müsste Sie nicht über den Umstand aufklären, dass in bestimmten Fällen und gerade in diesem, es doch eigentlich einleuchtend ist, dass die Person, die

die Anklage erhebt, nicht unbedingt der Verhandlung beiwohnen muss. Bitte fahren Sie mit ihrer Verteidigung fort!«

»Ja, Herr Richter, Sie haben da wohl Recht, aber was müssen die Geschworenen denken, wenn diese Frau sich nicht einmal hierhertraut? Wenn diese Miss Marsh schwanger gewesen war, ganz gleich wann in ihrem Leben, müssten das klinische Unterlagen beweisen können. Wann und welcher Arzt hatte jemals eine Schwangerschaft bei Miss Marsh festgestellt? Führen Sie diesen Arzt als Zeugen vor! Wenn Sie das nicht können und der Annahme bin ich, dann weiß ich nicht, was das ganze Hin und Her hier soll?«

Er setzte sich wieder und schlug die Akte die vor ihm lag laut knallend zu.

Ungeachtet dessen, was Mc Lanes Anwalt von sich gegeben hatte, rief man Mrs. Wall in den Zeugenstand. Die alte Dame erzählte ihre Geschichte, die, die sie den Beamten bereits mit allen Einzelheiten, lang und ausführlich geschildert hatte.

Mc Lanes Hautfarbe nuancierte einige Töne heller, denn damit, was die alte Dame Mrs. Wall hier so von sich gab, hätte er niemals gerechnet. Am liebsten wäre er vom Stuhl aufgesprungen und hätte Mrs. Wall zum Schweigen gebracht. Doch er beherrschte sich, denn er wollte auch gegen diese Aussage die richtigen Worte einsetzen.

Nicht nur Mrs. Wall, auch die Beamten, die sie befragt hatten, verstanden nach und nach, wie Mc Lane die drei Frauen hatte bezirzen und dann für sich gewinnen können. Aber er hatte auch Fehler gemacht, denn sie waren vor ihm geflohen, und jetzt waren sie verschwunden. Die Beamten hofften auf einen weiteren Fehler von Mc Lane, denn sie waren sich sicher, irgendwann würde er sich selbst verraten.

Mc Lanes Anwalt war sichtlich schockiert. Heute wollte er mit seinen schwerwiegenden Anschuldigungen gegen Tracy nun doch nicht beginnen. Zuvor benötigte er ein eindringliches Gespräch mit Mc Lane, das die Aussagen von Mrs. Wall betreffen würden. Die nächste Verhandlung wurde für den kommenden Donnerstag angesetzt. Die Geschworenen hatten sich neutral verhalten, aber das sollte sich ändern!

Tracy, unzufrieden über den Ausgang des ersten Verhandlungstages, wollte unbedingt dabei sein. Steven riet ihr davon ab. Tracy sollte jede Aufregung meiden, denn ihr Zustand war nicht nur wegen ihrer Psyche sehr labil. Sie aber wollte Mc Lane sehen und sie wollte miterleben, wie dieser Mann sich mit seinen Sprüchen freizukaufen versuchte. Sie hatte keine wirkliche Vorstellung, welche Show Mc Lane im Gerichtssaal abzog. Steven und die Beamten ließen sie im Ungewissen. Tracy sollte sich nicht aufregen. Immerhin waren Monate vergangen und Steven hatte Angst, Tracys Wunsch zu erfüllen. Zu oft war sie zusammengebrochen, auf dem Weg durch den dunklen Tunnel ihrer Vergangenheit, doch es half nichts. Tracy konnte nicht verstehen, weshalb Mc Lane, mittels des von ihr gefundenen Beweises, nicht sofort überführt worden war. Ihr Anwalt erklärte ihr, dass man erst noch darauf hoffte, eine Verbindung mit dem Verschwinden der beiden Frauen und vielleicht sogar mit dem Tod von Schwester Rory herauszufinden. Würde der Beweis - und er wird es todsicher - Mc Lanes Schuld offenbaren, hätte dieser ehemalige Chefarzt aber noch offene Karten auszuspielen! Das hieße im Genaueren: wenn Mc Lane stark genug wäre, käme vielleicht nie die Wahrheit ans Licht, was nun wirklich mit dem Kind passiert war. Er könnte sich dazu bekennen, dass er die Leiche des Kindes, das er während der Operation nicht retten konnte, da ihm ein Fehler unterlaufen war, spurlos beseitigt hatte. Aus Angst, dass dieser Fehler seinen Ruf schädigen würde und das kurz vor seinem Ruhestand, entschied er sich zu dieser Kurzschlusshandlung. Er bereute das selbstverständlich jetzt und dieser Umstand milderte das Urteil sehr. Dann bliebe vielleicht für immer unbeantwortet, ob er das Baby nicht doch gesund auf die Welt geholt hatte und wo es jetzt vielleicht lebte? Eines war sicher: Er selbst hatte es nicht in seiner Obhut. Die Aussagen der nicht auffindbaren Frauen waren also von größter Bedeutung. Wenn Mc Lanes Gewissen nicht weichzuklopfen wäre, dann würde man den Frauen schon mit einfühlsamer Taktik eine paar Fakten entlocken können.

Der Anwalt machte ein nachdenkliches Gesicht und Tracy verstand diese Mimik genau. Sie holte tief Luft, wobei sich ihre Schulterblätter hoben und senkten.

»Das heißt, wir haben also nur eine Chance, wenn diese beiden Frauen gefunden werden würden und noch leben!?«

Der Anwalt nickte.

»Ja, soweit muss man denken, Miss Marsh! Schwester Rory hatte ihrem Leben angeblich selbst ein Ende gesetzt. Sie hatte mit großer Sicherheit ein Schweigegeld von Mc Lane erhalten. Wir müssen hoffen, dass die beiden anderen, die sich - hoffentlich – nur vor Mc Lane verstecken, gefunden werden oder sich selbst melden. Versprechen Sie mir einfach, dass ich meine Arbeit machen darf. Wir..., Sie werden gewinnen, aber haben Sie Geduld!«

Tracy war schockiert, und sie musste diese Erklärung akzeptieren, aber sie ließ sich nicht davon abbringen, bei der nächsten Verhandlung dabei sein zu wollen.

Abschließend äußerte Tracy:

»Ich weiß es, ich spüre genau - mein Kind lebt! Genauso wie das Kind, das jetzt in mir wächst, geht es ihm gut und ich werde es wiederbekommen!«

Tracy hatte ihr Haar hochgesteckt und ihr Gesicht mehr als nur dezent geschminkt. Mc Lane sollte sie nicht erkennen - noch nicht!

Zu Beginn des zweiten Verhandlungstages suchte er Tracys Gesicht nicht in der Menge, denn er ging davon aus, dass sie sowieso nicht hier erscheinen würde. Tracy traute ihren Ohren und all ihren anderen Sinnen nicht, als sie die Schauspielerei von Mc Lane und dessen Anwalt im Gerichtssaal erlebte. Sie hatte wirklich keine Vorstellung davon gehabt, wie sich die beiden verhalten hatten und es nun weiterführten.

Jetzt forderte Mc Lanes Anwalt eindeutige Beweise von Tracys Anwalt. Denn nun fühlte er wohl, dass die richtige Zeit gekommen war, um Tracy völlig unglaubwürdig erscheinen zu lassen. Wortwörtlich fragte er:

»Wenn diese Miss Marsh schwanger - jemals schwanger gewesen war - wo sind dann Unterlagen, die das bestätigen? Komisch, es gibt keine! Was lässt sich daraus wohl schließen?«

Er warf einen überlegenen Blick zu den Geschworenen und wartete deren Reaktionen ab.

»Es gibt Befunde die beweisen, dass Miss Marsh schwanger war. Bei der gynäkologischen Untersuchung wurden eindeutige Geburtsverletzungen festgestellt«, warf Dr. Steward völlig empört in den Raum. Im nächsten Moment hätte sie sich am liebsten die Zunge abgebissen. Wie konnte sie nur …?

Mc Lanes Anwalt war zuerst sprachlos und stand mit offenem Mund da. In seinem Kopf ging es drunter und drüber. Wieder mit dem Blick nach vorn äußerte er dann sehr sicher klingend:

»Dann wird wohl diese Miss Marsh auch nicht ganz unbescholten sein! Es wurden bei ihr eindeutige Geburtsverletzungen festgestellt, die beweisen, dass sie irgendwann ein Kind ausgetragen haben musste. Wo ist es dann? Wo ist das Kind? Zum

Zeitpunkt des Unfalls, war sie nicht schwanger gewesen. Mein Mandant weiß nichts darüber. Immerhin hatte er sie operiert und nichts dergleichen feststellen können. Hatte Miss Marsh zuvor vielleicht eine Totgeburt hinter sich, von der niemand weiß, weil diese ohne medizinische Unterstützung vor sich ging? Oder hatte sie sogar nachgeholfen? Sie war immerhin sehr jung und sicherlich ohne abgeschlossene Berufsausbildung nicht in der Lage ein Kind zu versorgen. Was sollte sie mit einem Kind? Und wo war der Vater? Hatte er sich aus dem Staub gemacht und wusste deshalb Miss Marsh sich keinen anderen Ausweg? Wir wollen erst einmal diese Fakten klären, ehe man hier meinen Mandanten, der sie nach dem Unfall gerettet hatte, beschuldigt.«

Tracys Anwalt blieb ruhig und er hörte sich die Verteidigung an. Als Mc Lanes Anwalt mit seinen Ausführungen am Ende war und eine Pause machte, wollte Tracys Anwalt seine Erklärung abgeben, aber als er die Stimme erhob: »Dazu darf ich sagen ...« Weiter kam er nicht, denn Mc Lane mischte sich unaufgefordert ein und es kam, wie es kommen musste.

Wieder einmal bezeichnete Mc Lane Tracy, als eine geldgierige und verlogene und nur auf Schmerzensgeld pochende dumme Göre, obgleich ihn das Gericht für diese zu oft ausgesprochene Äußerung schon mit 3000 Dollar Strafe belangt hatte.

In Tracy brodelte es und sie vergaß alles, was ihr Anwalt ihr geraten hatte. Jetzt konnte sie sich einfach nicht mehr zurückhalten. Tief in ihrem Inneren forderte eine Stimme sie auf, diesem unverschämten Mc Lane endlich das Handwerk legen zu müssen. Tracy erhob sich kurzerhand aus der hinteren Reihe des Gerichtssaals. Bislang hatte sie dort eine Stunde stillschweigend neben Steven verharrt und sich Mc Lanes Ausreden angehört. Steven gab ihre Hand frei, denn es hatte keinen Sinn sie zu halten.

Langsam schritt Tracy auf Mc Lane zu. Im Gerichtssaal wurde es mucksmäuschenstill. Mc Lane sah trotz seiner Sonnenbräune plötzlich fahl aus, als er Tracy, die einen kugelrunden Bauch vor sich trug, gegenüber stand. Jetzt erkannte er sie. Ja, sie war es und nun trug sie Stevens Kind unter ihrem Herzen, und sie war mutig wie eine Löwin, die ihren Nachwuchs verteidigen musste.

Mc Lane und Tracy blickten einander tief in die Augen. Tracy sah Mc Lane nur wie durch einen Schleier. Anders hätte sie seinen Anblick auch nicht ertragen können. Als sie den Mund öffnete ging ein Raunen durch den Gerichtssaal und fast alle Anwesenden legten die Hand vor den Mund, so, als würden sie

Tracy an dem, was sie sagen musste, hindern wollten. Doch sie konnten es nicht. Tracy fragte Mc Lane laut und unüberhörbar für alle:

»Wem haben Sie mein Kind verkauft???«

Tracys Augen sprühten vor Zorn und ihr Gesicht wirkte dadurch um viele Jahre reifer. Mc Lane wollte schnell seine Verblüffung über die der Wahrheit entsprechende Frage überspielen. Schließlich wusste nur er genau, was geschehen war. Deshalb musste er schnellstens die richtigen Worte finden, um die Geschworenen davon zu überzeugen, dass diese Frau da vor ihm völligen Unsinn redete. Er war überzeugt davon, dass ihm das gelingen konnte.

Mc Lane erhob sich ganz langsam. Wie ein Herrscher aus früherer Zeit, der auf seine Untertanen herabblickte, hob er sein Haupt erst einmal noch höher bevor er die Lippen bewegte.

»Was bildest du dir eigentlich ein, du geldgieriges Stück? Ich habe dir das Leben gerettet und du ...«

»Du ..., Mister Mc Lane!?«, begann Tracy und unterbrach dessen distanzlose Rede, und Mc Lane verstummte sofort, entsetzt darüber, dass sie ihm das Wort abgeschnitten hatte.

»Was bilden Sie sich denn überhaupt ein? Was glauben Sie, wer Sie sind?«, fuhr Tracy fort. »Soweit ich mich erinnern kann, haben wir nie zusammen im Sandkasten gespielt und auch wenn Sie sich an mich erinnern, ich sehe Sie heute zum ersten Mal! Sie duzen und beschimpfen mich, weshalb haben Sie mich damals überhaupt gerettet? So vieles lag in Ihrer Macht, weshalb haben Sie mich nicht einfach sterben lassen, dann hätten Sie dieses Problem jetzt nicht. Aber nein, das konnten Sie ja nicht tun, dann wären ihre Machenschaften schon früher aufgeflogen. Sie haben verloren, da können Sie sich nun winden und drehen wie ein Aal.«

Mc Lane blieb stumm und zog die Brauen hoch. Sein Gesicht war so verzerrt, dass man ihn leicht zehn Jahre älter schätzen könnte. Es blieb ihm nichts übrig, als Tracy ausreden zu lassen. Er musste jetzt wissen, was sie zu dieser Dreistigkeit bewegte. Irgendwas hatte sie doch gegen ihn in der Hand?! Was hatte er noch vergessen? Woran hatte er nicht gedacht?

Sein Anwalt saß ebenfalls schockiert neben ihm und seine Mimik verriet sein Entsetzen darüber, was nun geschah.

Im Stillen dachte Mc Lane:

Rede, du dumme Göre, was kannst du gegen mich vorbringen? Bis auf die blöde Hose habe ich an alles gedacht.

Tracy ging zu ihrem Anwalt und forderte bittend, dass er ihr die Plastiktüte, in der der Beweis war, herausgeben sollte.

»Bitte noch nicht!«, schüttelte er den Kopf, doch ohne Erfolg.

»Ich muss, es reicht!«, gab Tracy zurück. »Ich halte das nicht mehr aus.«

Resignierend übergab dieser ihr das, wonach sie verlangt hatte. Dann schob er seine Lippen übereinander, was für Tracy nochmals den Eindruck vermitteln sollte, dass es dafür noch zu früh sei. Doch Tracy ließ sich nicht abbringen. Sie sah zu den Geschworenen und hob die Tüte, gut sichtbar für alle, in die Höhe. In der anderen Hand hielt sie ein Gutachten, das eindeutig Mc Lanes Schuld bestätigte.

»Hier ist der Beweis und diesen kann ich auch schriftlich belegen. Sie können davon ausgehen, dass dieser Mann ...«

Weiter kam sie nicht, denn die Gerichtssaaltür wurde aufgeschleudert und prallte laut krachend gegen die Innenverkleidung. Eine Frau mit dunklem langem Haar stürzte hinein, obgleich sie von einem Beamten scheinbar daran gehindert werden sollte.

»Entschuldigung«, meinte der Beamte aufgebracht. »Aber diese Frau saß schon einige Minuten vor der Tür. Ich wollte sie noch ankündigen. Sie meinte, sie müsste unbedingt eine Aussage machen. Plötzlich ist sie aufgesprungen und ich war machtlos.«

Ringsum herrschte erdrückende Stille. Als der Richter die Frau gewähren ließ und sie nach dem Namen fragte, griff Mc Lane sich wie besiegt an die Stirn und sein weit geöffneter Mund verriet sein unermessliches Entsetzen, welches ihm wohl sofort die Sprache verschlagen hatte. Wortlos sank er zurück auf seinen Stuhl. Mc Lanes Anwalt schloss ganz unwillkürlich die Akte, die vor ihm lag, denn das Gesicht und die Geste seines Klienten sprachen Bände!

Die Frau warf ihr brünettes langes Haar zurück über die Schulter. Und ihre blauen Augen funkelten wie lichtbestrahlte Fassetten, als sie mit der rechten Hand die dunkle Mähne von ihrem Kopf zog. Sie schüttelte daraufhin ihr schulterlanges echtes Haar, und als sie sich die blonden Locken aus dem Gesicht strich und den Richter jetzt ansah, sagte sie hasserfüllt und mit gleichzeitiger Wehmut in der Stimme:

»Dieser Mann, Herr Richter ...!« Sie hob den Finger und zeigte nun auf den Angeklagten. »Dieser Mann ist ein Dieb, ein Erpresser, ein Sexist und ein hinterhältiger Mörder!«

Puterrot erhob sich Mc Lane wieder von seinem Stuhl und sprang über den Tisch an dem er saß. Er griff dieser Frau an den

Kragen und schrie hysterisch und völlig unbedacht:

»Wo hattest du dich versteckt? Ich werde dir jetzt deinen Lohn für den Verrat an mir geben!« Und er würgte sie.

Beamte stürzten auf ihn zu. Sie hatten Mühe, seine Finger vom Hals der Frau zu lösen. Nur mit Gewalt konnten sie Mc Lane überwältigen.

Als die Handschellen klickten schien in Mc Lane eine Veränderung vorzugehen. Er verhielt sich wieder ruhig, und seine Augen zeigten, dass er den verräterischen Auftritt bereute. Doch es war sowieso zu spät.

Miss Honey hatte Tracy bei Mc Lanes Aktion zur Seite gedrückt und nun saßen sie, sich erholen wollend, nebeneinander auf den Stühlen. Miss Honey lächelte und griff nach Tracys Händen.

»Verzeihen Sie mir, ich weiß, dass ich nicht unschuldig bin, aber ich werde Ihnen helfen, so gut ich kann.«

Sie sah auf Tracys kugelrunden Bauch und flüsterte:

»Ich habe leider keine eigenen Kinder. Mc Lane versprach mir so viel; Familie, ein eigenes Heim und er versprach mir die Liebe, die sich jeder so sehr wünscht, wenn ich ihm nur dabei helfen würde ... «

Auf Grund dieses Vorfalles wurde die Verhandlung abrupt unterbrochen. Man wollte diese Miss Honey - die nun unvermutet hier aufgetaucht war und nach der man verzweifelt gesucht hatte - erst gesondert anhören.

Aus den Medien hatte Miss Honey erfahren, dass Mc Lane auf der Anklagbank saß. Obwohl ihr klar war, dass sie eine große Mitschuld trug, beschloss sie, auszusagen. Miss Honey redete wie ein Wasserfall und es war ihr wohl völlig gleich, was mit ihr geschehen würde. Sicherlich erwartete sie bestraft zu werden, aber das Leben, das sie bis zuletzt führte, war auch nur eine Qual. So konnte sie nicht weiterleben! Sie belastete sich selbst der Mitwisserschaft. Sie erzählte eine unfassbare Geschichte:

»Gleich nachdem Miss Marsh in die Klinik eingeliefert wurde, funkelten Mc Lanes Augen ganz eigenartig. Er sah Miss Marsh und erkannte sofort, dass diese hochschwanger war. Niemand anderes war bei ihr gewesen. Ich hatte keine Ahnung, was sich in seinem Kopf abspielte. Aber ich wunderte mich, dass er Miss Marsh sofort isolieren ließ. Nur Schwester Rory und ich durften ihm zur Seite stehen.

Nach einer genaueren Untersuchung stellten wir fest, dass Miss

Marsh weder äußerliche noch innerliche Verletzungen hatte. Die Ursache für ihr Stöhnen und Jammern - die Schmerzen die sie verspürte - lagen darin, dass sie bereits unter starken Wehen litt. Das Kind wollte aus ihrem Leib. Mc Lane befragte sie nach ihrem Namen. Und er wollte wissen, wo der Vater des Kindes sei. Miss Marsh stöhnte laut und beantwortete seine Frage. Sie hieße Tracy Marsh und sie behauptete, dass der Vater des Kindes neben ihr auf dem Beifahrersitz gesessen hatte. Mc Lane krauste die Stirn, denn niemand anderes außer ihr wurde hier zum selbigen Zeitpunkt eingeliefert. Er schickte Schwester Rory in die Aufnahmeabteilung und sie sollte sich erkundigen, ob noch jemand mit im Unfallwagen gesessen hatte, dessen Verletzungen gerade versorgt wurden.

Nach etwa fünf Minuten kam Schwester Rory zurück und erklärte, dass kein weiterer Patient aufgenommen worden sei. Angeblich war Miss Marsh allein im Auto gewesen. Dann wollte Mc Lane wissen, welche Verwandten wir benachrichtigen könnten? Seine Augen waren nur noch schmale Schlitze. Für mich war diese Fragestellung zu diesem Zeitpunkt völlig verwirrend, denn jetzt, dachte ich, war es doch nur wichtig Miss Marshs Kind gesund auf die Welt zu holen. Weshalb stellte er diese Fragen ausgerechnet jetzt?

Miss Marsh äußerte, dass sie keine weiteren Verwandten hätte. Sie hätte nur ihren John.

»Wo ist John? Geht es ihm gut?«, wollte sie wissen.

»John?«, wiederholten wir Schwestern laut. Mc Lane schüttelte daraufhin den Kopf, so, als wollte er es nicht hören. Dann setzten Miss Marsh Presswehen ein, und obgleich sie sich tapfer hielt, schien sie am Ende ihrer Kräfte zu sein. Der Kindskopf drückte so stark und verursachte bereits eine Verletzung. Ein üblicher sonst hilfreicher Dammschnitt hätte helfen können, das Kind auf ganz natürliche Weise zu gebären. Doch aus uns unerklärlichem Grund zögerte Mc Lane und stand untätig da. Miss Marsh stöhnte und wimmerte und erlangte wohl ihre Schmerzgrenze: sie war nicht mehr ansprechbar.

Jetzt erwachte Mc Lane aus seinem Traumzustand und handelte endlich. Aber er setzte einen dafür ganz untypischen Schnitt und holte das Kind aus dem Bauchraum.

Als wir dann das Kind versorgten - es war kerngesund - entfernte Mc Lane, ohne zwingenden medizinischen Befund Miss Marshs Milz, bevor er die Öffnung sorgsam mit Hilfe seiner chirurgischen Kenntnissen und Fähigkeiten wieder schloss. Schwester

Rory und ich verstanden diese Taktik nicht. Was sollten wir davon halten? Aber gegen Mc Lanes Vorgehensweise zu protestieren, hätte sich keine von uns gewagt. Obwohl wir beide im gewissen Sinne gesehen irgendwie Rivalinnen waren, hielten wir zusammen. Wir beide waren Mc Lane verfallen, das gebe ich zu! Ja, ich wusste, dass Schwester Rory ihn ebenso wie ich innig liebte und begehrte. Wir wollten ihn die Entscheidung treffen lassen und wussten nicht, für wen von uns er sich entscheiden würde. Er zeigte es ganz offensichtlich, dass er sich für uns beide interessierte. Aber er konnte sich auch nicht zurückhalten, wenn neue, blutjunge Praktikantinnen auf die Station kamen. Er glaubte, er wäre unwiderstehlich. An sein Alter dachte er nicht.

Rory und ich träumten von einer Zukunft mit ihm und wir kannten seine sexuellen Vorlieben bereits. Wenn, dann wollten wir ihn aber nicht zusammen erobern. Er wusste, wir würden warten und alles für ihn tun. Und diesen Umstand nutzte er aus.

Das Kind war kerngesund, doch Miss Marsh hatte diese Prozedur nicht positiv überstanden. Sie wollte einfach nicht mehr zu sich kommen und erwachen!

Schwester Rory und ich teilten den Dienst. Nur wir beide sollten rund um die Uhr für Miss Marsh und das Baby sorgen. Niemand anderes durfte die Isolierstation betreten. So vergingen drei Tage und Nächte. Noch immer wussten wir nicht, was Mc Lane damit bezweckte und Fragen stellten wir nicht. Jetzt kam es darauf an. Mit unserer Verschwiegenheit konnten wir ihm unsere Liebe beweisen und jede von uns hoffte, Mc Lanes Entscheidung damit zu ihren Gunsten zu beeinflussen.

Es war eigenartig - niemand hatte sich bislang nach Miss Marshs Verbleiben erkundigt. Wir hatten keine Ahnung, was Mc Lane unternommen hatte. Aber eines Nachts, ich hatte das Baby gerade nochmals versorgt, kam Mc Lane ins Isolationszimmer und ging schnurstracks auf das Kind zu. Ohne Worte der Erklärung nahm er es und trug es fort. Erst am nächsten Morgen, als mich Schwester Rory von der Schicht ablösen wollte, kam er zu uns und sagte mit bestimmenden Tonfall: »Ihr zwei wisst von nichts!« Er hatte zwei Kündigungsschreiben in der Hand, die jede von uns mit zitternden Händen an sich nahm. »Unterschreibt und kommt in mein Büro, sofort!«, meinte er lieblos und forsch.

Fassungslos und völlig überrumpelt saßen wir dann vor Mc Lane. Das Schriftstück jedoch, hatten wir noch nicht unterschrieben. Das hatte er nicht vermutet, denn bislang taten wir alles, was er verlangt hatte. In Mc Lanes Augen konnten wir eine Mischung von Arroganz und Überheblichkeit, aber auch Angst und Verzweiflung erkennen. Er war anscheinend äußerst korrupt und skrupellos, doch er war auch ein Mensch, der Gefühle hatte und die sich - wenn auch unbeabsichtigt - jetzt zeigten.

Er schob zwei Päckchen über den Schreibtisch zu uns hinüber. Dann meinte er mit verändertem, freundlichen Tonfall: »Ich möchte, dass ihr das nehmt und dann bitte dieses Krankenhaus nie wieder betretet! Miss Marsh ist nach einer notwendigen Operation, die vom Unfall herrührte, nicht wieder aus der Narkose erwacht. Ich musste ihr die Milz entfernen. Ihren Namen hatte sie uns auf Grund ihres bedrohlichen Zustandes nicht nennen können. Mehr wisst ihr nicht! Und dieses Schweigen bezahle ich euch jetzt.«

Ganz so einfach, wie es sich Mc Lane vorgestellt hatte, war es dann doch nicht. Rory und ich wollten wissen, was er mit dem Baby gemacht hatte. Denn wenn Miss Marsh irgendwann erwachte, würde sie Fragen stellen. Wie hatte er sich das vorgestellt?

Mc Lane konnte nicht anders und er erzählte uns, dass es dem Kind gutginge und es jetzt bei einem vermögenden Ehepaar eine bessere Zukunft vor sich hätte, als bei seiner Mutter. Sie hatte doch keine Verwandten und der Vater hatte sich wohl aus dem Staub gemacht, da er sich sicherlich die Krankenhausrechnung ersparen wollte. Mc Lanes Nachforschungen hatten ergeben, dass es wahrlich keine Hinweise oder ärztliche Unterlagen gäbe, die Miss Marshs Schwangerschaft bestätigten. Anscheinend hatte sie sich während der gesamten Schwangerschaft nicht untersuchen und betreuen lassen. Sicherlich verfügte sie nicht über genügend Geld und wollte - vielleicht sogar - das Baby allein zur Welt bringen? Wenn der Vater des Kindes es sich doch noch überlegen würde und hier aufkreuzte, hätte er schlechte Karten! Wie sollte er beweisen, wer er war? Nur Verwandte hatten das Recht eine Komapatientin zu besuchen. Es würde also niemand an Miss Marsh herankommen. Und wenn Miss Marsh jemals wieder erwachen würde, prognostizierte er für sie einen sicheren Gedächtnisverlust. Er war Arzt und er wusste wovon er sprach. Leise fügte er noch hinzu: »Ich glaube aber nicht, dass sie überhaupt wieder ...« Er hielt inne und räusperte sich, denn scheinbar unbeabsichtigt hatte er wohl seine Gedanken laut gedacht. Doch gerade diese verbale Äußerung seiner Gedanken rief eine Beruhigung in uns Schwestern hervor. Wir glaubten ihm und waren so dumm und so blind vor Liebe, dass wir unterschrieben und die fünfzigtausend Dollar, die jeder Umschlag enthielt, annahmen. Mc Lane hatte Miss Marshs Kind einem reichen Ehepaar verkauft. Die Gelegenheit war günstig, denn er gab ihr keine Zukunft. Niemand wusste, wer sie war. Nur ein junger Mann, der Miss Marsh angeblich gerettet haben wollte, erkundigte sich nach ihr. Da er aber ihren Namen nicht nennen konnte und offensichtlich kein Verwandter war, wurde er erfolgreich abgewimmelt. Es würde sie also niemand weiter vermissen. Da Miss Marsh keine Papiere bei sich trug, hoffte Mc Lane auf Zeit. Und bis ihre Identität festgestellt werden würde, wäre er längst über alle Berge. Mc Lanes Plan ging auf, er setzte sich ab. Er hatte sich wohl für mich entschieden und wollte mit mir ein neues Leben beginnen. Das gaukelte er mir jedenfalls vor. Er versprach mir die Liebe des Lebens mit einem eigenen Heim, Kindern und ein sorgenfreies Leben. Da ich die Gewinnerin im Wettstreit um Mc Lanes Liebe war, brach ich den Kontakt zu Rory ab. Ich wollte sie - durch mich - nicht an Mc Lane erinnern lassen. Sie tat mir zwar Leid, aber sie war noch jung und würde für sich noch den richtigen Partner finden können. Ich wusste doch nicht, dass sie unter Depressionen litt! Mc Lane erhielt zwar einige Nachrichten von ihr auf's Handy, da er ihre Anrufe nicht entgegennahm und ich bekam das auch mit, aber wie ernst es um sie stand, konnte ich nicht ahnen. Doch dann war es zu spät! Die Polizei berichtete von ihrem Suizid. Ich war fassungslos - die arme Rory! Mc Lane tat auch betroffen und im Stillen trauerte ich um sie.

Mc Lane verfolgte weiter sorgsam die Medien. Die Polizei berichtete vom Selbstmord einer Schwester und Mc Lane erfuhr auch, dass Miss Marsh immer noch nicht vermisst wurde. Ihre Identität war noch immer ungeklärt. Diese Tatsache kam ihm sehr gelegen und nach einem Jahr dachte er wohl, er müsste sich nicht mehr verstecken. Jetzt würde sich niemand mehr finden der diese Frau suchte.

Mc Lane hatte bestimmt schon lange genug von mir. Er war kein Mann, der an einer festen Bindung interessiert war und schon gar nicht wenn eine Frau sich auf seine sado masochistischen Spielchen nur widerwillig einließ. Heimlich verließ er unser geheimes Liebesnest, die kleine, aber sehr nobel eingerichtete Apartmentwohnung, die er mit mir bewohnte. Ihn zog es hinaus. Er war sich wohl sicher, dass er sich nicht mehr verstecken brauchte. Geld hatte er genug. Wollte er sein Leben genießen? Ich war sehr schockiert über Mc Lanes Verschwinden, denn ich liebte ihn noch immer innig und ich begann nach ihm zu suchen.

Ich blieb jedoch vorsichtig und verwischte sorgfältig alle Spuren meiner Identität. Ich hoffte auf Mc Lanes Wiederkehr. Aber er kam nicht und da er seinen richtigen Namen in der Öffentlichkeit benutzte, fand ich ihn irgendwann. Ich konnte nicht anders: Sofort fiel ich ihm wie im Liebeswahn in die Arme. Er lag am Strand in der Sonne und nur durch einen glücklichen Zufall hatte ich ihn so gefunden. Ich glaubte an Schicksalsfügung und stellte ihm keine Fragen, denn ich war so verliebt und euphorisch vor Glück ihn wiederzusehen.

Mc Lane zeigte seine Entrüstung nicht und da er im Moment ohne Gespielin war, nutzte er wohl die Gelegenheit. Ein paar Worte der Verzeihung genügten und ich fühlte mich wie im siebten Himmel. Als Mc Lane mich in die marode Villa führte, log er mich an; er hätte dieses Haus für uns zwei erworben. Jetzt könnten wir es zusammen nach unseren Wünschen ausbauen, um eine angenehme familiäre Umgebung für unsere Kinder zu schaffen. Er hätte mich bald benachrichtigt. Ich war blind vor Liebe und glaubte ihm alles. Tief in Inneren kreisten meine Gefühle wie in einem Karussell, doch ich verdrängte alle Zweifel und wollte sie nicht wahrnehmen. Doch auch nach Wochen sprachen wir nicht über das Thema Um- und Ausbau der Villa. Mc Lane wollte nur eins! Und nach und nach, gelang es ihm mich zu immer mehr für ihn befriedigenden Sexspielen zu bewegen.

Während eines Liebesspiels, wobei ich ihm auf sein Verlangen hin, schon erheblich mehr Schmerzen zufügen sollte, als bisher, begann Mc Lane ganz unerwartet von der Vergangenheit zu reden. Und er erzählte einfach Unglaubliches, ohne sich dessen vielleicht bewusst zu sein(!) Ich traute meinen Ohren nicht, denn er erzählte von seinen Intrigen, seinen Hinterhältigkeiten die er gegenüber dem damaligen Personal ausübte und er lachte hämisch. Ich erfuhr sehr viel mehr. Während der Zeit in der ich ihn suchte, hatte er Miss Corner, die er in einer Bar am Strand kennenlernte, becircen können. Sie war so schüchtern und dumm gewesen. Sie hatte ihm von ihrer Erbschaft erzählt. Anfangs interessierte sich Mc Lane nur für ihren unschuldigen Körper, den er für seine Vorlieben benutzen wollte. Doch dann wollte Miss Corner ihm alles geben, was sie besaß, als Zeichen ihrer Liebe zu ihm, denn sie war ihm bereits hörig. Ohne dass Mc Lane sie dazu drängen musste, überschrieb sie ihm die marode Villa und zeigte ihm dann auf einem Papier, über wie viel Barvermögen sie verfügte. Mc Lanes Augen funkelten, wie die einer angriffslustigen Raubkatze. Und nach einer Woche stand das gesamte Geld für die Abholung zur Verfügung. Miss Corner holte die knapp drei Millionen Dollar, über die sie seit der Erbschaft frei verfügen konnte, von der Bank.

Die Daten über das Vermögen wurden zwei Wochen später gelöscht. Es war so, als wäre das Geld nie da gewesen. Mc Lane hatte Miss Corner genaue Anweisungen erteilt, es so zu veranlassen. Er log sie an, dass die Mafia ihn verfolgte und er wollte sie nicht in Schwierigkeiten bringen.

Es war einfach unglaublich. Ich wusste, dass Mc Lane Miss Marsh hintergangen hatte, aber ich musste einsehen, dass ich diesen Menschen nicht wirklich kannte. Angst stieg in mir auf, doch ich wollte die ganze Wahrheit erfahren. Ich überwand meine Abwehr gegen diese Art der Liebe und spielte weiter mit. Stillschweigend folgte ich Mc Lanes Anweisungen und wie erwartet, plauderte er immer mehr aus dem Nähkästchen. Wieder auf sein starkes Verlangen hin, schlug ich ihm hart mit der Peitsche über den nackten Rücken. Ich musste ihm zuvor die Hände fesseln und das gab mir jetzt den Mut, ihm diese schmerzenden Hiebe zu versetzen. Er wollte es und ich hoffte auf sein Reden. Mc Lane stöhnte und schrie vor Wolllust und er erwähnte wieder Miss Corner. Sie hätte ihn nicht, wie er es gewünscht hatte, befriedigt. Diese wollte nur Zärtlichkeiten und Geborgenheit. Sie wäre zu gut für diese Welt und sie musste verschwinden. Ich schlug ihn daraufhin stärker und hoffte auf eine passende Erklärung für den Verbleib der Frau. Doch nun war Mc Lane wohl völlig von den Schmerzen berauscht, denn er sprach von Rory. Ich horchte auf und erwachte wie aus einem Traum. »Rory, die arme Rory!«, dachte ich und schlug mit aller Gewalt zu. Mc Lanes, nun bereits blutendes Rückgrat, war wie eine Leinwand auf der sich die genauen Szenen von Rorys Tod abspielten. Verschwommen war mein Blick und doch sah ich vor meinem geistigen Auge das Unfassbare ...!

Schwester Rory litt seit dem Vorfall in der Klinik unter starken Depressionen. Einige Zeit gelang es ihr, ihre Schuld vor dem eigenen Gewissen zu verdrängen. Doch dann fand sie keine Anstellung und war psychisch am Ende. Sie wollte das schmutzige Geld, das sie von Mc Lane bekam, nicht für sich ausgeben. Schwester Rory nervte Mc Lane fast täglich und auch wenn er nicht übers Handy mit ihr reden wollte und jeden Anrufversuch wegdrückte, las er doch die unzähligen Nachrichten, die sie ihm schickte. Rory wollte sich reinwaschen und sich der Polizei stellen. Das konnte Mc Lane aber nicht zulassen, und ohne es zu wissen sorgte er dafür, dass sie genau an ihrem Geburtstag von ihren Sorgen befreit wurde. Nach einer kleinen einschmeichelnden Unterhaltung, wobei er ihr seine Liebe zu ihr vorgaukelte, betäubte er sie mit einem Schlafmittel und legte sie dann in die Badewanne. Er ließ alles so aussehen, als hätte sie sich selbst die Pulsadern aufgeschnitten! Mc Lane hatte alle Fingerabdrücke und Spuren seines Daseins sorgsam entfernt, denn er hatte die Wohnung auf der Suche nach dem Schweigegeld genau inspiziert. Er fand nicht wonach er suchte und so musste er mit leeren Händen den blutigen Tatort verlassen. Ich fühlte mich wie benebelt, war am Boden zerstört, und einfach nicht fähig klar zu denken! Mc Lane hatte mir im Sexrausch einen Mord gestanden - den Mord an Rory. Er also hatte ihr eigenhändig die Adern geöffnet, sodass die Quelle ihres Lebens versiegen konnte.

Als ihre Schwester sie besuchen wollte, war Rory bereits in einer für sie hoffentlich glücklicheren Welt ...

Er lachte wieder hämisch - es war ihm ein Genuss davon zu erzählen. Jetzt hatte Mc Lane den Bogen überspannt. Ich hielt inne und warf die Peitsche an die Wand. Und ohne sich der Folgen bewusst zu sein, schrie ich Mc Lane an. Ich betitelte ihn als einen grausamen Mörder und verließ dann den Raum. Wieder in die reale Situation zurückgekehrt, erkannte Mc Lane seinen Fehler. Dieses Geständnis würde ihm das Genick brechen und er eilte hinter mir her. Fassungslos und wie neben mich stehend, kramte ich meine Sachen zusammen und stopfte sie in meine Tasche. Ich hatte noch keinen Plan, doch ich wusste, ich musste Mc Lane verlassen.

Mc Lane stand schnaufend und mit weitgeöffneten Augen im Türrahmen. Mein Vorhaben, die Villa stillschweigend und ohne Abschied zu verlassen, zerplatzte wie eine Seifenblase.

Mc Lane konnte mich zwar nicht mit den Händen packen, da diese noch gefesselt waren, aber er stellte sich hinter mich und warf seine starken Arme über meinen Kopf. Dann presste er mich fest an sich und schrie wie ein Besessener: »Du bleibst, oder du stirbst!«

Ich erwachte aus meinem Schockzustand und erkannte, dass der Mann, den ich abgöttisch geliebt hatte, mir fast die Luft abdrückte. Vieles hatte ich ihm zugetraut, aber nun wusste ich sogar, dass er ein Mörder war. Doch niemals hätte ich gedacht, dass er mir jemals drohen würde. Wenn ich jetzt auch vorhatte ihn zu verlassen, wollte ich ihn doch niemals verraten! Aber nun erkannte ich, dass er mich nicht genug liebte und vor allem ahnte er nicht, wie sehr ich ihm doch verfallen war.

Obgleich panische Angst in mir aufstieg und mein gesamter Körper vibrierte, pustete ich aus mir heraus:

»Ich liebe dich über alles!«

Mc Lane ließ ab von mir und ich nutzte nun die Möglichkeit mich in seinen Armen zu ihm umzudrehen. Jetzt sahen wir einander an. Seine farblosen Augen gaben mir zu verstehen, dass er mich ebenfalls ohne Skrupel aus dem Weg räumen würde, wäre ich ihm nicht gefügig. Für ihn hatte ich alle Brücken abgebrochen und ähnlich wie bei Miss Marsh, würde mich niemand vermissen, wenn ...?

Es war eine bittere Erkenntnis und ich hatte nur eine Chance, mein Leben zu retten. Ich musste ihm vorgaukeln, dass ich bei ihm bliebe. Ich setzte ein fingiertes Lächeln auf, doch meine Absicht scheiterte, denn Mc Lane wartete nicht auf weitere Worte. Er legte mir seine gefesselten Hände ins Genick und seine Daumen ertasteten mein Kinn. Er wollte mir die Kehle zudrücken, doch ich reagierte sofort. Mit aller Kraft rammte ich ihm mein Knie dahin, wo`s wehtut, rutschte aus seiner Umklammerung und konnte so entkommen. Ich rannte so schnell ich nur konnte aus dem Haus zu meinem Auto. Mc Lane brüllte vor Schmerzen, obgleich diese ihm sonst ein Genuss waren und fluchte laut:

»Du Miststück!!!«

Ich hatte den Ersatzschlüssel meines Wagens hinter der Sonnenblende versteckt und lobte nun diese Diebstahlbegünstigung, die mir Mc Lane immer wieder vorhielt. Die Reifen quietschten laut, als ich das Gehöft im Rückwärtsgang fluchtartig verließ. Mc Lane stand hinter der halbgeöffneten Tür, denn er hatte mir nicht weiter folgen können, da er noch unbekleidet war. Ich gab Gas und obgleich ich Mc Lanes Worte nicht hören konnte, schmerzten sie tief in meiner Brust. Es war eine Art Telepathie und sicherlich hatte ich Recht! Mc Lane hauchte mir hinterher:

»Warte, ich werde dich schon kriegen!«

Miss Honey wurde für den nächsten Verhandlungstag gut vorbereitet. In geraffter Form erzählte sie ihre Geschichte nochmals. Aber diesmal sprach sie vor einem großen Publikum.

Wenn sie während ihrer Aussage eine winzige Pause machte, um an ihrem Wasserglas zu nippen, hätte man wohl eine Stecknadel fallen hören können. Einmal hatte sie es bereits geschafft, dass ein lautes Raunen durch den Gerichtssaal zog, und diese Stille unterbrach. Fassungslos und tiefbetroffen starrten die Geschworenen auf Miss Honey. Alle anderen Personen - einschließlich des Richters - hatten jegliche Farbe aus dem Gesicht verloren.

Zusammengekauert und mit Handschellen, die jeden gewalttätigen Übergriff ausschlossen, saß Mc Lane wortlos auf der Anklagebank. Bis hierher hatte er Miss Honey ungehindert sprechen lassen. Doch nun äußerte er verbal seinen Unmut, denn er wusste, man hatte ihn besiegt. Er erhob sich leicht und spuckte in den Gerichtssaal. Dann lachte er ekelhaft, einer Hyäne gleichend und schilderte mit einem widerlichen Gesichtsausdruck den genauen Ablauf in allen Einzelheiten, wie er Rory tötete …

Zum zweiten Mal ging ein lautes Raunen durch den Gerichtssaal, denn Mc Lane zeigte keine Spur von Reue. Er genoss die Schilderungen seiner unmenschlichen Tat, denn in seiner Stimme lag ein unbeschreibliches Ergötzen.

Mc Lane setzte noch eins drauf! Hätte er Miss Honey erwischt, wäre sie ebenso gestorben, denn das Blut von Rory, welches das Badewasser einfärbte, erweckte in ihm einen unbeschreiblichen Genuss.

Mc Lane sah Miss Honey nun an und äußerte wortwörtlich:

»Dich hätte ich aber nur leicht betäubt und dann qualvoller sterben lassen. In meinen Träumen hörte ich dich schon flehen und wimmern.«

Mc Lane schnalzte mit der Zunge und holte Luft.

»Du hättest mir das Dreifache der Lust ge ...«

»Es reicht, Mister Mc Lane!«, unterbrach des Richters Stimme diese Abscheulichkeit.

»Halten Sie endlich den Mund!«

Viel zu lange hatte Mc Lane sprechen dürfen, doch jedermann im Raum war wie hypnotisiert gewesen.

»Entfernen Sie diesen ..., diesen Mann ...!«

Selbst der Richter suchte nach Worten, denn diese krankhafte, blutrünstige Person als Menschen zu betrachten und mit Doktor Mc Lane zu betiteln, fiel ihm äußerst schwer.

Der eindeutige Beweis, den Tracy und Dr. Steward gefunden hatten, bekräftigte nun nur noch die bekannten Fakten. Die Laborergebnisse hatten mit hundertprozentiger Sicherheit ergeben, dass Tracy zum Zeitpunkt des Unfalls schwanger war. Man fand Fruchtwasserspuren an ihrer Unterwäsche und auch einige Tröpfchen davon an ihrer Umstandshose. Daran hatte Mc Lane nicht gedacht.

Jeder im Gerichtssaal erkannte: Mc Lane war krank! Wie er so lange als Arzt funktionieren konnte, ohne dass sein wahres Wesen zum Vorschein kam, war rätselhaft. Er war ein Psychopath und er würde niemals mehr den geheimnisvollen Duft des Waldes, den erfrischenden Windhauch am Meer oder die Wärme und das Licht der Sonne als freier Mann erleben dürfen!

Das vermögende Ehepaar, welches Tracys Baby von Mc Lane gekauft hatte, wurde ausfindig gemacht. Nicht nur die zwei Millionen Dollar, die sie bezahlt hatten, waren schlecht investiert! Das Gericht setzte die gleiche Höhe als Strafe für diese Korruption fest, die Tracy als Entschädigung erhielt. Mc Lanes Vermögen wurde gepfändet und der Staatskasse zugeführt. Er war so dumm gewesen und hatte, gleich nachdem er sich nicht mehr verstecken wollte und sich sicher fühlte, das Geld ganz legal unter seinem Namen in gestreute Aktienfond investiert. Auch die zwei Millionen zahlte er ein. Sein Finanzberater prognostizierte einen guten Gewinn der Fondanteile und er hatte Recht behalten.

Miss Honey erhielt auf Grund ihrer Aussagen, die zur Klärung der Tatsachen führten und der Reue, die sie zeigte, nur eine kurze Gefängnisstrafe.

Miss Corner blieb weiter verschwunden. Mc Lanes Grundstück wurde mit Spürhunden abgesucht, doch man fand keine Leiche. Wahrscheinlich lebte diese Miss Corner irgendwo zurückgezogen und hoffte, Mc Lane würde sie niemals finden. Man hoffte, dass sie sich noch eine Tageszeitung leisten konnte, denn dann würde sie vielleicht vom Ende ihrer Ängste erfahren ...

Ein Jahr später

Der Standesbeamte fand warme, herzliche Worte für das Paar, das einen so schweren Weg hatte gehen müssen bis zu diesem Tag. Der Kummer war aus Tracys Gesicht gewichen. Ihr Mund lächelte, ihre Augen strahlten voller Glück und sie blickte mit Zärtlichkeit zu Steven auf, als sie ihm das Jawort gab.

Nachdem sie sich gegenseitig die Ringe übergestreift hatten, nahm Steven Tracy in die Arme und küsste sie. In diesen Sekunden sahen sie nichts anderes als sich und ihre Familie. Ihr kleiner Sohn Craig kam angerannt und zog an ihrem Brautkleid und sein Schwesterchen Justin saß artig auf Grandmas Schoß und sog genüsslich an ihrem Nuckel. Grandma weinte vor Glück, denn nun hatte sie wieder eine Familie - einen Sinn für ihr Leben! Tracy war froh, den größten Teil ihrer Vergangenheit wiederzukennen. Nur ein Fakt blieb ganz einfach für sie im Dunkeln:

Wer war der Vater ihres Sohnes? Da John - denn so hieß der Mann wohl - sich aber nie nach ihr erkundigt hatte, ihm sein Kind, dass sie beim Unfall unter dem Herzen trug, anscheinend egal war, wollte Tracy dieses Dunkel um seine Person nun auch nicht mehr erhellen. Sie hatte ihren Steven, ihre Schwester, ihre beiden Kinder und natürlich Grandma. Das war zusammen mehr Glück, als sie jemals erhofft hatte. Das Brautpaar hob die Gläser und prostete den Gästen zu.

Genau in diesem Moment, in dem der Sekt die Kehlen hinunterrann, lag John, tausende Meilen entfernt, auf einer Luftmatratze, die in seinem Swimmingpool sachte dahintrieb. Er zog an seinem Joint und spürte, wie ihm jeder Zug mehr und mehr die Sinne vernebelte. Er wollte nur vergessen und sein Leben genießen - aber es gelang ihm nicht!
Alles, was er wollte, konnte er sich, ohne mit der Wimper zu zucken, leisten. Egal was es war, er bekam es ohne Umstände. Seit über vier Jahren `ertrug` er dieses Leben, denn er war ganz und gar nicht glücklich. Er war steinreich, aber er war kein Selfmade-Millionär. Ein Ereignis, das er vergessen wollte, aber nicht konnte, hatte ihn vermögend gemacht. Doch Gewissensbisse und Schulgefühle quälten seine Seele und ohne berauschende Drogen, hätte er seine Außenwelt nicht mehr täuschen können. Tief in ihm war ein imaginärer Feind, der ihn an seine Vergangenheit erinnerte und sein Leben erschwerte. Jahrelang hatte er versucht diesen Störenfried aus seinen Gedanken zu verbannen - aber ohne Erfolg. Immer wieder erschienen ihm beängstigende Bilder vor seinem geistigen Auge und diese zerfraßen langsam seine Sinne ...
Vor ungefähr vier Jahren hatte er mit seiner hochschwangeren Freundin im Auto gesessen, und sie plauderten über ihre Zukunft. Beide schmiedeten Pläne, denn bald würden sie zu dritt sein. Sie wussten noch nicht, wie sie über die Runden kommen sollten. Finanziell sah es für sie nicht gut aus. Sie waren noch sehr jung und hatten sich kein dickes Polster ansparen können. John hatte eine zweijährige Gefängnisstrafe wegen Ladendiebstahls und Körperverletzung abgesessen und hatte Bewährung. Seine Freundin Tracy hatte auf ihn gewartet. Als sie sechzehn Jahre war, musste John seine Strafe antreten und sie erlitt einen Kreislaufzusammenbruch.
Mit Achtzehn verließ sie das Waisenhaus und wurde bald darauf schwanger. Die begonnene Lehrstelle als Sekretärin brach sie

dann ab. Fern im Süden wollten sie ihr Glück machen. Vielleicht würde John dort eine Arbeit als Hilfsarbeiter finden, wenn er seine Vergangenheit verschwieg.

Mit ihrer Flucht verstießen sie gegen das Gesetz, doch sie wollten es wagen. Sie hatten noch cirka zehn Kilometer bis zur Grenze und machten an einer Tankstelle Rast. John kaufte eine Tageszeitung und ließ seine Freundin hinter das Steuer. Nervös blätterte John in der Zeitung. Seine Unruhe und die Angst, die Grenze nicht ohne Probleme überqueren zu können, lenkten ihn von seiner eigentlichen Suche nach Stellenangeboten ab. Weshalb schaute er überhaupt in dieses Blatt? Wenn alles klappte, wären sie bald in einem anderen Staat. Doch das Schicksal wollte es wohl so? Völlig aufgeregt äußerte John plötzlich:

»Schau` dir mal die Zahlen an, Schatz!«

Fassungslos blickte er auf die Straße, die sie im schnellen Tempo entlangfuhren und hielt ihr die Zeitung hin.

»Zahlen??? Ich kann doch jetzt nicht gucken!«

In John kribbelte es.

»Du hattest Recht! Unsere Geburtsdaten und sogar der Tag, an dem wir uns kennenlernten ...«, er hielt inne und strich sich sinnierend über die Stirn, bevor er weitersprach.

»Man sagt doch, solche Zahlen bringen nichts. Hätten wir es doch diesmal gewagt ...!«

»Wie meinst du ...?«, fragte seine Freundin, deren Augen nun zu ihm wanderten.

»Schau auf die Straße, Darling!«, forderte John. »Es ist doch eh egal.«

Johns Freundin schmollte.

»Bist du dir sicher, dass das unsere Zahlen sind?«

John zerknüllte die Zeitung.

»Ja, aber sollen wir uns jetzt ärgern?« Er kurbelte die Scheibe hinunter und wollte die Zeitung hinauswerfen.

»Halt, Schatz! Bevor du das tust, vergleiche die Zahlen bitte erst.«

»Womit vergleichen?« John traute seinen Ohren nicht. »Hast du etwa unser Geld für solch einen Mist ...«

Seine Worte blieben ihm in der Kehle stecken. Sie wollte anhalten, doch John verbot dieses Vorhaben.

»Hier können wir nicht anhalten, das würde uns den Kopf kosten. Ich will über die Grenze, ohne weitere Unterbrechungen.«

Sie gab weiter Gas und meinte:

»In meiner Tasche ist der Tipp, schau nach!«
John kramte in ihrer Tasche und hielt sich den Schein vor die Nase. Die Zeitung raschelte und John stotterte.

»Ich ..., ich kann es nicht ...«
Laut schrie er: »Alles stimmt!«
Und er hielt Tracy die Zeitung genau vor die Augen.
Euphorisch schrie er die magischen Worte:

»Schatz, ich liebe Dich!!« Ohne, dass er es irgendwie hätte verhindern können, denn er war seiner Sinne nicht mehr mächtig, verlor seine Freundin die Kontrolle über den Wagen. Alles ging sekundenschnell und der Wagen lag kopfüber im Straßengraben. Sekunden später erwachte John wie aus einem Traum. Ratlos sah er seine Freundin an. Deren Kopf lag auf den zerstörten Armaturen und er glaubte, sie wäre tot. Geistesabwesend, denn er stand unter Schock, befreite er sich aus dem Wrack und kroch auf allen Vieren in den angrenzenden Wald. Zusammengekrümmt saß er da an einen Baum gelehnt. Er glaubte, es lägen Stunden hinter ihm, doch es waren nur Minuten verstrichen.
Auf dieser Nebenstraße, auf der sie sich befanden, kam kein weiteres Fahrzeug entlang, das Hilfe brachte. Schnell wurde John bewusst, was passiert war und er suchte nach seinem Handy. John wählte mit der linken Hand die Nummer des Notrufs, und als er das Telefon in die andere nehmen wollte, um es an sein rechtes Ohr zu halten, bemerkte er darin den Lottoschein. Er hatte ihn krampfhaft festgehalten, als das Auto sich überschlug. Als ihn dann eine Stimme, die aus dem Handy klang fragte, was passiert sei, forderte er einen Rettungswagen an. Ohne seinen Namen genannt zu haben, beendete er die Verbindung sofort und steckte das Telefon wieder in die Jacke.
Beim Betrachten des Gewinnscheins spürte er, dass sich etwas um sein Handgelenk gewickelt hatte. Die Handtasche seiner Freundin hing an ihm und diese enthielt alle wichtigen Papiere ihrer und seiner Identität. Jetzt kam ihm ein egoistischer und gemeiner Gedanke! Seine Augen funkelten plötzlich wie die einer Hyäne, die ein Stück Aas gefunden hatte.
Als er nun noch mal zum verunglückten Auto blickte, sah er, dass nun doch ein anderer Wagen gehalten hatte. Sein Entschluss war bereits gefasst. Ohne sich noch einmal umzusehen machte er sich im Schutz des Waldes davon.
Zirka fünf Minuten waren vergangen, da zwang ihn ein lautes Geräusch stehen zu bleiben. Und gleich darauf folgte ein zweites. Es waren eindeutig zwei Explosionen, die er gehört hatte und die

ihm einen eisigen Schauer bescherten. Der Wagen war also explodiert und er wusste nicht, ob seine Freundin vorher noch gerettet wurde. Jetzt konnte er sowieso nichts mehr ändern und nach einer kleinen Gedankenpause setzte er seinen Weg fort.

Weit entfernt von der Unglücksstelle betrat er wieder die Straße und wurde von einem Truck, dessen Fahrer sich nach Unterhaltung sehnte, mitgenommen. Doch schon in der nächsten Stadt setzte er alles in Gang, um den Gewinnschein einzulösen, was ohne Probleme gelang. Er äußerte den Wunsch, dass die Daten über den Gewinnempfang geheim bleiben sollten. Niemand verstieß gegen den Wunsch. Schnell änderte er seinen Namen, was mit Hilfe des Geldes keine Schwierigkeit war, und war dadurch wie vom Erdboden verschwunden. Mit dem Gewinn konnte er in Saus und Braus leben. Irgendwie hatte er es geschafft, über die Grenze zu gelangen. Mit seiner neuen Identität und seinem Vermögen, war es ihm ein Leichtes gewesen. Doch diese unbeschwerte Zeit war begrenzt. Schuldgefühle wuchsen in ihm und er wehrte sich gegen sie mit allen Mitteln. Zweifel zerfraßen ihn immer mehr, denn in seinen Visionen sah er seine Freundin, wie sie sich aus dem Autowrack befreite und um Hilfe schreiend auf die Fahrbahn stürzte. Ein vorbeifahrendes Auto nahm sie mit und er wusste nicht, ob sie vielleicht doch überlebt hatte.

Diese Bilder raubten ihm seine Träume vom Reichtum und der Sorglosigkeit. Immer wieder hörte er die Explosionen, die ihn dann nachts aus den Träumen rissen. Er litt unter starken Depressionen, griff aber nicht zu handelsüblichen legalen Drogen, um diese zu bekämpfen. Alles konnte er sich leisten, doch die Hilfe eines, wenn auch hoch bezahlten, Therapeuten hätte seine unmenschliche Tat vielleicht aufgedeckt. Die Scheu und die Angst vor einem Verrat verboten es ihm. Schweigepflicht ist auch nur ein Wort, und schnell lässt sich dieses Versprechen umgehen. Er selbst hatte seiner Freundin die Liebe geschworen und sie dann doch wegen des Gewinns hintergangen. Wie sollte er einem anderen Menschen sein Vertrauen schenken und auf Hilfe hoffen, wenn dieser durch sein Geld selbst vermögend werden würde? Nein zu diesem Schritt war er nicht bereit und er war sich sicher, dass er dieses Problem allein besiegen könnte.

Sanft schaukelte die Luftmatratze im Swimmingpool und John war schon wieder fast fern seiner Sinne, da hörte er sich nähernde Schritte. Er versuchte die Augen zu öffnen, doch es gelang ihm nicht. Es war ihm, als sähe er einen Schatten über sich. Gleich darauf verspürte er einen unglaublich starken und stechenden Schmerz. Er wollte laut schreien, doch auch jetzt versagten seine körperlichen Reaktionen.

Sein Körper wurde von der Matratze gerollt, aber er konnte sich nicht dagegen wehren. Tiefer und tiefer sank sein regungsloser Leib hinab gen Boden. Das hellblaue Wasser des Swimmingpools färbte sich nun rosarot.

Am Beckenrand kniete Kathleen und sie flüsterte:

»Leb wohl, mein Schatz! Jetzt ist deine Seele frei. Ganz gleich, was dich auch so sehr quälte, nun wirst du deinen Frieden finden.«

Tränen rollten über Kathleens Gesicht, als sie wisperte:

»Ich liebe dich und deshalb musst du mir verzeihen. Glaub` mir, es gab keinen anderen Ausweg.«

Es waren Worte des Leides und unsagbare Trauer lagen darin. Diese hübsche junge Frau wusste sich keinen anderen Rat. Obgleich sie ein Kind von John erwartete, schlug sie ihm eine Whiskyflasche über den Schädel. Kathleen war Johns Geliebte und sie stand ihm all die Jahre bei, wenn er unter seinen Depressionen litt. Alles hatte sie versucht, doch er hatte sich ihr nicht mit seinem Schmerz geöffnet. Oft hatte er sich in ihren Armen ausgeweint, ohne den Grund für seine seelischen Schmerzen zu erzählen. Sie sah ihre einzige Chance darin, ihn aus seiner psychisch labilen Lage herauszulösen, indem sie ihm ein Kind schenkte. So, hatte sie geglaubt, würde sie eine Veränderung schaffen und ihm wieder einen Sinn für sein Leben geben. Aber sie kannte seine Vergangenheit nicht! Und sie erreichte genau das ganze Gegenteil ihrer Erwartungen, als sie ihm von der Schwangerschaft berichtete. John blockierte völlig. Er tobte und schimpfte. Doch er gab Kathleen keine Erklärung für sein abweisendes Verhalten. Er wies ihr die Tür und brüllte dabei wie ein Wahnsinniger:

»Verschwinde, wer hat dir gesagt, dass ich ein Balg von dir will?«

Kathleen wollte um ihn kämpfen, doch die Situation eskalierte nur in ein böses Wortgefecht. Laut schrie Kathleen ihn an:

»Sag` mir, was dich so maßlos und unmenschlich zerstören will? Was ist es?«

John verhielt sich wie ein Choleriker und er beantwortete ihre Fragen nicht. So hatte sie ihn niemals zuvor erlebt und nun stieg Angst in ihr auf. Sie rannte aus dem Haus und benötigte viele Stunden der Beruhigung und der Erholung. Sie ahnte doch nicht, dass sie mit dieser Nachricht in eine tiefe Wunde bohrte. Lange hatte sie mit John gelitten, wenn er ans Ende seiner Kräfte gelangte. Wie sollte sie ahnen, was ihn belastete? Als sie ihn auch nach zwei weiteren Versuchen nicht besänftigen konnte und er ihr sogar mit erhobener Hand entgegentrat, zog sie einen Schlussstrich. Sie liebte ihn, doch sie gestand sich ein - John war verloren! Wie sollte sie ihm jetzt noch helfen können? Alles hatte sie versucht und sie sah ein, dass ein weiteres Bemühen um ihn, ihr und dem ungeborenen Kind nur schaden würde.

Als sie am darauffolgenden Morgen all ihren Mut zusammenraffte und sich entschloss ihre Sachen endgültig zu holen, sah sie John auf der Luftmatratze liegen. Wehmütig sah sie zu ihm hinüber. Neben ihm am Beckenrand lagen - wie ihr alltäglich bekannt - eine fast geleerte Flasche Whisky, und gleich neben der Illustrierten, für die er sich eigentlich nie wirklich interessierte, eine Packung selbstgedrehter Joints. Obgleich er sie hätte bemerken müssen, denn sie begrüßte ihn trotz allem mit einem lautklingenden »Guten Morgen« und trat dicht an ihn heran, nahm er keine Notiz von ihr.

Bitter stieg es in ihr auf, als sie erkannte, dass er sich, wie schon so oft in letzter Zeit, am frühen Morgen mit seinen Drogen bis fast in die Besinnungslosigkeit befördert hatte.

Sie sprach ihn an, doch seine weit geöffneten Augen blieben regungslos. Ihr war, als würde ihr jemand mit einem scharfen Dolch mitten durchs Herz stoßen. Sie liebte ihn, doch sie konnte diesen Anblick, der sich ihr bot, nicht mehr ertragen. Dieses schmerzende Zeichen, das ihren Körper durchflutete, ließ sie erkennen, dass sie, auch wenn sie ihn jetzt verließe, ohne ihn nie leben könnte. Jahrelang hatte sie alles Mögliche versucht, um ihn zu befreien und zu dem Mann zu machen, der mit ihr den Rest des Lebens gehen würde. Auf sein Geld war sie nicht aus, denn sie war die Tochter, des vorherigen Eigentümers dieser Insel, auf der John sein Domizil errichtet hatte.

Völlig verzweifelt und deprimiert setzte sie sich nieder, neben ihn, an den Beckenrand des Pools. Kopfschüttelnd und mit weit aufgerissenen Augen suchte sie nach einer Lösung ihres Problems. Und sie fragte laut:

»Wie, wie kann ich dir bloß helfen, John?«

Ihre Augen suchten die Umgebung ab, nach einer Lösung Ausschau haltend und ihr Blick kehrte an den Beckenrand zurück. Sie heftete ihre Augen an die Whiskyflasche, die neben der Zeitung lag. Hatte sie wirklich eine Lösung gefunden? Plötzlich wusste sie es sicher; es gab einen Ausweg aus dieser Misere und sie spürte, sie - nur sie - hatte die Macht ...! Kurzerhand griff sie nach der Whiskyflasche und schmetterte sie John, mit aller Kraft, die sie aufbringen konnte, über den Schädel!

Nicht einmal jetzt sah sie eine bedeutvolle Regung in seinem Gesicht. Und genau dieses verborgen gebliebene Zeichen, dass er seit Langem vor ihr versteckte, denn auch er liebte sie und konnte es nur niemals richtig zum Ausdruck bringen, gab ihr die Kraft, ihre Tat zu vertiefen und mit Erfolg sicher beenden zu können. Ein zweites Mal holte sie aus und dabei stieß sie ihm die bereits zersprungenen und dolchartigen Enden der Flasche, tief in seinen Kopf. Sein Körper zuckte auf und jetzt stieß Kathleen ihn nur leicht in die Seite. Da rollte John von der Luftmatratze hinunter und sein Leib sank schwebend hinab.

Kathleens Gesicht verzerrte sich und sie legte den zerbrochenen Flaschenhals neben sich. Noch war sie sich nicht bewusst, was sie getan hatte. Doch als sie sich erschöpft abstützen wollte, stieß sie unbeabsichtigt die Zeitung beiseite.

Und plötzlich kroch ihr ein Schauer den Rücken hinab. Unter der Zeitung lag ein Revolver. Er musste immer dort gelegen haben, doch sie hatte ihn nie bemerkt. Wie in Trance griff sie nach der Waffe und hielt sich deren Lauf an ihre Schläfe ...

Niemals würde John erfahren, dass Tracy und sein Kind lebten und dass sie nach langem Leidensweg nun endlich glücklich sein durften.

John und Tracy gingen beide durch eine Hölle! Obgleich sie sich einst die ewige Liebe schworen, litten sie getrennt voneinander, fast vier Jahre lang, ohne voneinander zu wissen.

Als Johns Qualen endeten, begann Tracys Glück. Beide hatten dieses Ende wohl verdient - jeder auf seine Weise!

Eigentlich war Tracy diejenige, die im Lotto gewonnen hatte, aber ein langer schmerzvoller Weg lag hinter ihr, um wirklich zu gewinnen! Verzweiflung, Kummer, Schmerz und Intrigen forderten aber von beiden hohen Tribut. Doch wie es so schön heißt:

»Nur einer kann gewinnen!« Die Macht des Guten ist unbesiegbar, auch wenn der Weg steinig ist.

...

Es fiel ein Schuss, der ein dumpfes Geräusch über die gesamte Insel legte und Johns egoistischer Plan, zu dem er sich vor vier Jahren entschlossen hatte, forderte ein weiteres unschuldiges Opfer.

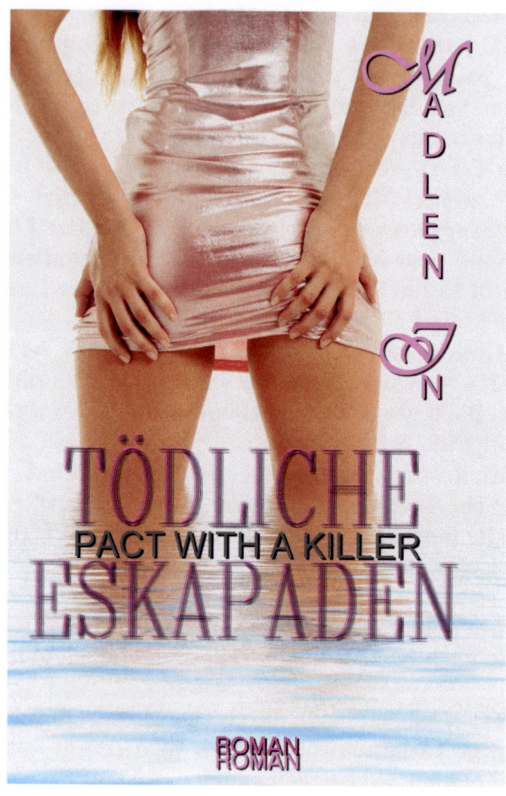

ISBN: 13:9783837015911
TÖDLICHE ESKAPADEN

TÖDLICHE ESKAPADEN

Ein mit Rotwein begossenes Inserat jagt Lilli panische Angst ein, denn es sieht aus, als hätte man damit Blut weggewischt …

Dann verschwindet ihre Freundin Zoey spurlos und an ihrem letzten Aufenthaltsort findet die Polizei etwas Grauenhaftes –
DIE LEICHE EINES MANNES

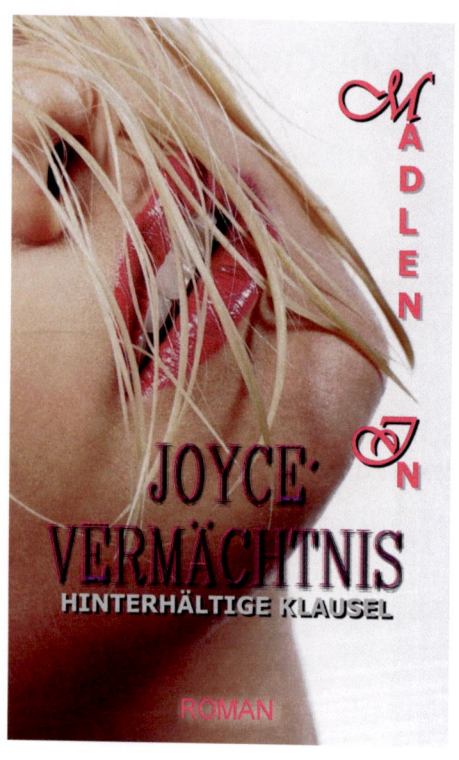

JOYCE VERMÄCHTNIS
HINTERHÄLTIGE KLAUSEL
ISBN -13: 9783837003604

JOYCE VERMÄCHTNIS

Joyce Angel, eine attraktive junge Frau, hatte sich alles ganz anders vorgestellt, als sie die Erbschaft ihrer Tante annahm. Schnell verschlang das geerbte Haus Joyce` Ersparnisse und ohne eine Anstellung gab es keine rosige Zukunft.

Doch dann begegnete sie Wayne Stone und sie sah ein Licht am Ende des Tunnels. Aber dieses Licht warf einen bösen Schatten über Joyce und nur ein mysteriöser Zufall öffnete Joyce die Augen.

Die Autorin dankt

Einen großen und ganz besonderen Dank möchte ich an Frau Enge, die unweit meines Städtchens wohnt, richten.

Scheinbar selbstverständlich übernimmt sie nun bereits seit vielen Jahren das wichtige und doch so zeitaufwändige Überarbeiten meiner Manuskripte.

VIELEN DANK